JN175882

白水社

トロワグロ

目次

トロワグロ

登場人物

斉藤《さいとう》はる子《こ》（色白の美しい女性）
斉藤《さいとう》　太郎《たろう》（その夫・40前後）
添島《そえじま》　和美《かずみ》（はる子より年上の美しい女性・豊かな胸）
添島《そえじま》　宗之《むねゆき》（和美の夫・専務と呼ばれる・50代）
田ノ浦《たのうら》　修《おさむ》（30代前半の男）
斉藤《さいとう》　雅人《まさと》（40代前半の男）
添島《そえじま》　照男《てるお》（添島夫妻の息子・20代前半）

一幕、一場の舞台（場面転換、暗転はない）。


閑静な住宅地。

添島専務の、ルイス・バラガン風の邸宅——の、ここはテラスという設定。

舞台中央に大きな壁があり、テラスの左右と、壁の真下の三辺にベンチがあり、人々が座れる。

壁の向こう側には、左右から回り込める。向こうには廊下やら居間やらがあるのだろう。

そして一番上手に玄関へ通じる通路。

一番下手に階段があり、テラスから直接二階へ行ける。二階には、浴室や家人の部屋などがあるのだろう。

ここから砧公園の一部が見える。

二〇一四年の、東京の初冬の夜である。最近は初冬でも蒸し暑い日があったりする。

斉藤はる子が上手の壁の奥からやってくる。ミウミウの、上品なブルーの、ノースリーブのワンピースを着ている。手にはカクテルグラス、そしてスマートフォン。その画面を見たり、公園のほうを見たり。微かな音量で鼻歌を歌いはじめた。テラスにはCDプレーヤー、何枚かのCD、いくつかのグラス、灰皿などが乱雑というほどではないが置いてある。というのもパーティーの夜だから。そのパーティーも終わろうとしている。

田ノ浦修がやってくる。彼女を見て、ため息をつく。

はる子、彼を一瞥《いちべつ》して軽く会釈《えしゃく》。

田ノ浦　あ

田ノ浦、もう一度、ため息をつく。自然なため息。

奥から、かすかに数人の笑い声がする。

はる子、また微妙に会釈して出ていく（おや、スマホをすぐそばのテーブルの端に置き忘れて行ってしまった。田ノ浦もそれには気がつかない）。

と、添島専務の妻、和美がやってきて、先ほどはる子がいたところに立つ。ウイスキーのオンザロックを手にしている。シャネルの胸のあいたドレスで豊かな胸を包んでいる。その黒いドレスの上には華やかなショールを羽織っている。

和美は田ノ浦を見ている。

和美、田ノ浦を鼻で笑う。

田ノ浦　あ。え？
和美　あ、いえ別に
田ノ浦　あ……いやあ、夜は、なんだか
和美　あ。ご存じ？　今の人
田ノ浦　は
和美　今、ここにいた
田ノ浦　……あ。今の
和美　ええ
田ノ浦　あ、いえ
和美　今、ご覧になってたから
田ノ浦　あ、僕がですか
和美　うん
田ノ浦　あ。ええ。ま、いたから
和美　知ってます？　あの人
田ノ浦　いや、ですから……どなたかなと思って
和美　斉藤さん
田ノ浦　あ
和美　斉藤さんの奥さん

田ノ浦　ああ。斉藤さんの
和美　ええ
田ノ浦　そうか。斉藤さん、斉藤さんの
和美　あ、斉藤さん、ご存じ？
田ノ浦　斉藤さん。あいや。存じ上げないです
和美　さっき、スピーチしてた。はじめに
田ノ浦　あ、すいません、僕、ちょっと遅刻しちゃって
和美　あ、そうだったんですか
田ノ浦　すみません
和美　いえいえ
田ノ浦　すいません、どうしても、仕事、抜けられなくて
和美　いえいえ、そんな、気の置けないパーティーですから
田ノ浦　どうも。あのほんと、食べ物もなんかすごいおいしくて
和美　ああ、よかった
田ノ浦　パスタとか。あとあれ。あの、オリーブオイルに漬《つ》けたやつ、野菜とかあの
和美　お好きですか。ああいう人
田ノ浦　え
和美　はる子さん。斉藤さんの奥さん
田ノ浦　は。え、なんですか

和美　別に聞いただけですけど。お好き？　ああいう人
田ノ浦　あ、斉藤さん。いやいや
和美　え？　いやいや
田ノ浦　いや、好きとかそういうのは、別にあれですよ……ないですよ
和美　そう？
田ノ浦　ええ
和美　じゃあ、あんまりお好きじゃない
田ノ浦　いや、別に。好きとか嫌いとか、そういうの、ないですよ
和美　え、でも。今……なんかため息ついてらしたから
田ノ浦　ため息
和美　ええ
田ノ浦　え、誰が。僕がですか
和美　うん。すごい、切なそうに、なんか
田ノ浦　ははは。まさか。なんですか、切なそうって
和美　そう？　でも今なんか、ついてらしたから。ためいき
田ノ浦　いやいやいや、そんな。切なそうって、意味わかんないし

和美、笑う。

田ノ浦　え？
和美　ううん。ごめんなさい
田ノ浦　………ま、でも、斉藤さんの奥さん、いい感じですよね
和美　え？　ああ、いい感じ。ええ………あ、やっぱり
田ノ浦　はは。いやいや
和美　ふふ
田ノ浦　ま、でも、なんて言ったらいいかな。こう
和美　うん
田ノ浦　腕《うで》の感じっていうか
和美　ああ。腕
田ノ浦　ええ
和美　ここ
田ノ浦　そう
和美　ああ
田ノ浦　………

和美は見られているので、

和美　やだ。あたし太いから。ここ

田ノ浦　え、そうですか？

和美、うなずく。

田ノ浦　いや、そんなことないでしょう
和美　いえ。あんまり見ないでくれますか

和美の服もノースリーブなのだが、その二の腕はショールで隠されている。

田ノ浦　え、そうですか？　でも……太くなんかないですよ。どうみても
和美　はる子さんに比べたらぜんぜん太いんですよ
田ノ浦　あ……いや、そうかな？　ま、そう言われるといくぶんふっくらとした脂肪《しぼう》というか
和美　脂肪って、それだとなんか、実際よりなんか

このセリフの途中で、添島宗之（専務・この家の主《あるじ》）がやってくる。

宗之　あ。川島さんがお帰り
和美　あ、そう。はい

和美、田ノ浦に、

和美　太ってる感じしちゃうじゃないですか

田ノ浦　いえいえ、そんな

和美　でも実は……夏なんか、こう、手をふれないんですよ。ここんとこのお肉が、ぷるぷるしちゃうから

田ノ浦　あ、でもそれは信じがたいな、ちょっと

宗之　ちょっと。なに、はいって。お帰りだから

和美　え？

宗之　お帰りだから。川島さんたち

和美　あなた、お願い。あたしちょっと

宗之　でも挨拶《あいさつ》ぐらい

和美　お願いよ。嫌《いや》なのよ

宗之　子供じゃないんだから。すいませんね

田ノ浦　あ、いえ

宗之　ちょっと来てくれよ

夫は、（玄関へ）行く。和美は、田ノ浦に会釈するでもなく、不満げについていく。

田ノ浦は僅《わず》かに会釈。

田ノ浦　あ

田ノ浦、ソファに座り、先ほどの和美のセリフをつぶやく。

田ノ浦　………やだ。あたし太いから。ここ

と言って微笑する。
と、斉藤雅人がやってくる。やはりグラスを持っている。なんとなくやつれた感じだ。

雅人　あ
田ノ浦　あ
雅人　あれ、添島さんは
田ノ浦　あ、奥さまなら、なんか玄関のほうへ
雅人　あ、じゃなくてご主人のほう
田ノ浦　ご一緒ですよ。なんか、お客様のお見送りに
雅人　あ、そうですか……そうか。じゃあ「行ってもしょうがないか、みたいな感じ」……あ。田ノ浦さん、でしたっけ
田ノ浦　あ、はい

雅人　すいません、さっき気づいてはいたんですけど
田ノ浦　ああ、いえ
雅人　他のお客さんと話し込んじゃってて
田ノ浦　あ
雅人　……えっと、確かあれですよね、去年のクリスマスの時に
田ノ浦　は
雅人　六本木の。リッツ・カールトン
田ノ浦　ああ、はい
雅人　ねえ
田ノ浦　あ、あんとき、いらっしゃいましたっけ
雅人　ええ、いましたいました
田ノ浦　あ。ん？　そういえばなんか
雅人　ええ
田ノ浦　……あ、すいません。ちょっと記憶になくて
雅人　いえいえいえ、ぜんぜん
田ノ浦　すいません………ええと、お名前は
雅人　［同時に］あそうだ、確かトヨタにお勤めで
田ノ浦　あ、はい。あれ
雅人　ねえ

田ノ浦　ええ。あ、そうですか。去年
雅人　ええ、須藤さんに紹介されて
田ノ浦　あ、そうでしたっけ。それはそれは。すみません
雅人　いえいえいえ、ぜんぜん
田ノ浦　ほんとなんか。たぶん酔ってたんで
雅人　あれですよ、確か、うちの甥っ子のことも言ったんですよ。トヨタに勤めてるって
田ノ浦　あ、そうですか
雅人　今、マレーシアにいるって
田ノ浦　……あれ。それ、聞いたな
雅人　ええ
田ノ浦　ああ。はいはいはい。須藤さんに
雅人　ええ
田ノ浦　はいはい
雅人　やっぱ覚えてらっしゃいました？
田ノ浦　はい。すいません。思い出しました
雅人　そりゃよかった
田ノ浦　すいません
雅人　よかった。どうも。斉藤です
田ノ浦　あ。斉藤さん

雅人　はい

間。

田ノ浦　あ。じゃあ。斉藤さんの奥さんの……ご主人
雅人　ん？
田ノ浦　あ、だから、あの、さっきお会いした、斉藤さんの奥さんの
雅人　あ、いえいえ。オレ、今日ひとりですから
田ノ浦　あ、そうですか
雅人　ていうか、今……ひとりもんだし
田ノ浦　あ、じゃあ、違うんだ、ぜんぜん違うって（いうか）
雅人　あ、たぶんあれだ
田ノ浦　は
雅人　ほら、さっき最初にスピーチした人いたでしょう
田ノ浦　あ
雅人　あの人じゃないかな。斉藤さんていうんですよ。デザイナーの
田ノ浦　デザイナー
雅人　ええ。サンアドの
田ノ浦　あ。そうですか。じゃあ、斉藤さんがふたり

雅人　ええ
田ノ浦　あ、奥さんも入れれば三人

このセリフの途中で、斉藤太郎がやってくる。妻を探しているふう。

雅人　あ。あれ
太郎　あ
雅人　噂をすれば
太郎　は
雅人　あ、こちらが斉藤さん
田ノ浦　あ
太郎　あ
雅人　［太郎に］今、話してたんですよ
太郎　あ
雅人　こちらが今、僕と間違われて。斉藤違い
太郎　ああ。ねえ
雅人　あ、田ノ浦さん
田ノ浦　あ、田ノ浦と申します
太郎　あ、どうも。斉藤です。あれ、ええと

雅人　トヨタにお勤めの
太郎　あ、トヨタに
田ノ浦　あ。ええー、［名刺を出して］田ノ浦と申します
太郎　あ、どうもこれは。すいません、ちょっとボク名刺、さっき、使い切ってしまって
田ノ浦　あ、いえいえ
太郎　斉藤です
田ノ浦　あ、はい
太郎　斉藤太郎
田ノ浦　あ
太郎　で、こちらが斉藤雅人さん。兄弟でもなんでもなくて
雅人　まったくの赤の他人
田ノ浦　ああ、なるほど

ははは、となごやか。
太郎、名刺を見ながら、

太郎　あれ。じゃ、どっかでお会いしてましたっけ
田ノ浦　いえ。初めてです。添島専務の奥様と、ちょっと仕事で
太郎　ああ、そうなんですか　＋　雅人　ああ

田ノ浦　ええ
太郎　じゃ、斉藤さんとも何かお仕事で？　斉藤さんて言うの、なんかへんだなやっぱ［笑］
雅人　ああ［笑］
田ノ浦　あ、いえいえ、去年ちょっとお会いして……今日、久しぶりっていうか
雅人　ええ
太郎　ああ。ああ、そうですか………じゃあ、驚かれたでしょう
田ノ浦　は
太郎　彼、すっかり変わってて
雅人　はは
田ノ浦　あ
太郎　だって、去年だったら、こんなだった。ねえ
雅人　90キロあったから
田ノ浦　え。90キロ
雅人　ええ
田ノ浦　あ。じゃ、ホテルでお会いしたときは
雅人　ええ。こんなでした、まだ
田ノ浦　あ、じゃあ、わかんないわけだ
雅人　ですよね
太郎　ねえ

田ノ浦　ねえ。じゃあ、わかんなくていいんだ
雅人　ええ

なごやか。

田ノ浦　なんだあ。え、どうしたんですか。ダイエットされたとか
雅人　あ、いや。ちょっと病気で
田ノ浦　あ
雅人　胃を、切ったんで
太郎　うん
田ノ浦　あ、胃を
雅人　ええ
田ノ浦　あ、そうなんだ
雅人　ええ
田ノ浦　切ったっていうのは、そのう
雅人　あ、切り取ったんで。ほとんど
太郎　ね
田ノ浦　あ。そうなんですか
雅人　ええ

すでに、斉藤はる子がやってきていて。

はる子　でも、こう言ったら失礼かもしれないけど、ほんとびっくりしました

雅人　あ

はる子　ね。ほんとお元気そうで

雅人　まあ

太郎　なに、どこにいたの

雅人　［かぶって］あ、でも、ちょっとここ、塗ってるんですよ……あ

はる子　ん？

雅人　ちょっと。あんまり青白いのもよくないかなと思って……ちょっと塗ってるんですよ

太郎　あ、そうなんだ。ぜんぜんわかんないな

はる子　お化粧、うまいんですね

雅人　そうですか？　初めてやってみたんだけど

太郎　いや、すごい自然ですよ。ねえ

田ノ浦　ええ　＋　**雅人**　ええ、まあ

太郎　どこのですか

雅人　え

太郎　ファンデーション。あそれともコンシーラー？

雅人　あ、ファンデーション。ファンケルの

太郎　ああ

はる子が笑う。みんな反応。

太郎　えなに

はる子　だって

太郎　ええ？

雅人　ですよね。［田ノ浦に］ねえ

田ノ浦　え

はる子　ほんと……でも

太郎　まあ（いいけど）……それより、どこいたの

はる子　向こうで。ご夫妻と

太郎　ああ。じゃあ、そろそろおいとましなきゃ、ね

はる子　あ。うん。そうだね

雅人　でもあれですよね。あのう、奥さま、ほんと色白で

はる子　？

田ノ浦　ああ

太郎　ああ、ええ

はる子　え
雅人　ねえ、色白でらっしゃるから
田ノ浦　まったくです
はる子　え、それってどういう意味ですか、斉藤さん
雅人　え？　いや、色白でおきれいだっていう、そのままの意味ですけど
はる子　ええ？
田ノ浦　まったくその通りだと思いますよ
はる子　え、なんですかそれ
太郎　ま、そう。家内はね、昔から。ま、色の白いは七難《しちなん》隠すって。ね
はる子　そうそう。色はね、確かに白いけど。色だけは
太郎　はは
雅人　ああ、なるほど

なごやか。

太郎　ええ……じゃあ
はる子　うん
雅人　あ
太郎　［はる子に］専務、向こうかな

田ノ浦　［かぶって］え、そんなことないでしょう
太郎　ん？
田ノ浦　七難隠す？　……え、なにも隠す必要、ないですよね
太郎　え
田ノ浦　っていうか、ひとつも隠す必要ないんじゃないかと
太郎　ああ
雅人　あ、そりゃそうですね
田ノ浦　すばらしいことです
雅人　……すばらしい。ん？
田ノ浦　今、斉藤さんがおっしゃったとおりだと思いますよ、僕は
太郎　え？
雅人　あ、ええと。どっちの
田ノ浦　あ、もちろん、［雅人を示して］こちらの
雅人　ああ　＋　太郎　ああ
太郎　ま。あの
田ノ浦　あ、すいません。別にご主人を非難してるわけじゃないんで
太郎　……ああ。もちろん。別に非難されてるとは思ってないんで。ええ
田ノ浦　あ。だったら、よかったですけど。［雅人に］ねえ
雅人　……ん

はる子　あの。ええと。ごめんなさい、今さらですけど
雅人　あ
はる子　こちらは
太郎　ああ　＋　雅人　ああ　＋　田ノ浦　あ
雅人　ええと、こちらはあの、田ノ浦さんと言って
田ノ浦　どうもすみません、申し遅れました、田ノ浦と申します
はる子　あ、斉藤です。あ、妻です
田ノ浦　あ

はる子、夫に、「太郎、前から知ってる人？」と目線で聞く。

太郎　あ、さっき、オレも
雅人　ええ
はる子　［田ノ浦に］あ、こちらこそすみません、こんな帰り際に
田ノ浦　あ、いえいえ、ボク、なんかすごい遅刻してしまって
はる子　あ、それでさっき
田ノ浦　は
はる子　ほら、なんか、ハアハア言って。息を整えてらしたから
田ノ浦　あ

太郎　ああ、そうなんだ
田ノ浦　ええ、さっきは。なんかすいません
雅人　……あ、トヨタにお勤めで
はる子　え、トヨタって、あのトヨタ
田ノ浦　あ、はい。自動車会社の
はる子　ええ。あの、クラウンとか
太郎　お、よく知ってるね
田ノ浦　はい。僕はプリウスの、次のやつをやってるんですけど
はる子　プリ、え？
田ノ浦　あ、プリウスですね。ハイブリッドの
はる子　えー、なんかすごい
雅人　ねえ
太郎　あの、やってるっていうのは、あれですか、開発してるとか

この途中で、添島夫妻が、何かしゃべりながらやってくる。

宗之　［声］ほんとに？
和美　［声］ええ
宗之　［声］ちゃんと確認したの

和美　［声］したわよ

添島夫妻が姿を現わす。

和美　あ
太郎　あ、今、ちょうど
和美　ええ
太郎　ええ、すっかり長居してしまって
はる子　ほんとにごちそうさまでした
和美　ごめんなさい、あんまりお話できなくって
太郎　あいえいえいえいえいえ
和美　もう少し、いいでしょ、いろいろ聞きたいこともあるし
太郎　あ　＋　**はる子**　あ、でも
宗之　悪かったね、なんか今日、川島さんの奥さん、やたらテンション高くてさあ
太郎　ああ、川島さん、ええ
和美　もう、自分の自慢話ばっかりで。ほんといやんなっちゃう
太郎　はは
宗之　まあ、そう言わないでさ
和美　だって、さっきのイソップの熊の話、あたしのことでしょ？

宗之　まあ、いいじゃないの。もう、そんなこと［★1］……ね、もう少し飲んでいってよ

太郎　あいえ、もうすっかりごちそうになっちゃって。ほんと楽しかったです。な

はる子　ええ。ほんと

和美　［★1からダブる］あたしになんか言うとき、ほとんど全部皮肉なんだから。だいたい、あの人だって、自分のことしか考えてないくせに。［田ノ浦に気がついて］あ、あ。田ノ浦さん

田ノ浦　は

和美、はる子を示して。

和美　こちらが……あ、もう、あれ？

田ノ浦　あ。ああ。ええ。今、紹介していただきました

はる子　あ、はい

和美　あ、そう。じゃあよかったけど。田ノ浦さん、はる子さんのこと、ずいぶん気にしてらしたから

はる子　あ

田ノ浦　［笑］いやいやいや

和美　え、そうだったじゃない、さっき。腕の感じが好きだって

田ノ浦　あ、は

太郎　腕の感じ。え？

和美　ええ
太郎　あ、はる子の
和美　ええ。腕がきれいだって
太郎　ああ　＋　雅人　ああ　＋　宗之　ああ
田ノ浦　いや、それは。ま。その

はる子、自分の腕を気にする。周囲も腕を見ている。

宗之　なるほど
太郎　ま。確かに、あの、今、そういう話になってて。だから。まあ
はる子　え、ちょっと
和美　［かぶって］あ、そうなの？
太郎　は
和美　そういう話になってたんですか
太郎　あ、ま
田ノ浦　［同時に］え？　そういう話？　え、なんですかそれ
太郎　いやだから今、そういう。ま、いいんだけど
雅人　あ、まあ、そりゃそうですよ。ねえ
太郎　え？

雅人　だって、そりゃ、僕だってそう……感じますもん
和美　え、なにが？
雅人　いえだから。田ノ浦さんの気持ちですけど
田ノ浦　いえ、僕は、ただ
雅人　ま、入院してるときは、とてもそんな気は、起こらなかったですけどね
和美　……あ。ま（さと）……斉藤さん
雅人　は　＋　**太郎**　は？
和美　あ、ごめんなさい、今、誰だかわかんなくなっちゃって
雅人　あ。あ、僕ですか
和美　ええ。あんまり、あれ。あの。ほっそりしちゃったから
宗之　ああ、ほんとほんと
雅人　ああ。あ、でもそれはさっきもう。あっちで。ねえ
宗之　うん。でも、いくら言われても、斉藤くんだっていう、こう、まだ実感がね、わかないっていうか
雅人　ああ、すいません。ま、自分でも、自分じゃないみたいなんで
宗之　までも、こう言っちゃなんだけど、そのほうが健康的に見えるよ
雅人　あ
和美　［笑っていない］ほんと。健康的

宗之、すでにたばこを吸っていて。

宗之　あ、そっか、じゃあ、たばこはもう止めたか

雅人　あ、一応。やめました

宗之　ああ、そりゃ悪かったね［消す］

雅人　あ、ぜんぜんかまわないんで

宗之　そうか………ま、でもそれも健康的だよ

雅人　［笑］ええ、まあ

宗之　僕も一度やめたんだけどね

太郎　あ、そうでしたよね

宗之　うん。でもストレスでさ

雅人　ああ　＋　**太郎**　ああ　＋　**田ノ浦**　ああ

太郎　ええ

和美、鼻で笑う。

宗之　……あ、じゃあ、ごはんもうまいでしょ。たばこやめたら

雅人　あ、いや、まだあの、固形物は食べれなくて

宗之　……あ、そうか

雅人　ええ。ま、そのうち
宗之　うん……あれ、なんの話……あ、腕の話だね。はる子さんの腕が美しいっていう
はる子　え
太郎　あ、それですか
田ノ浦　いや、もうそれは
宗之　いやいや、君ね、よく言ったよ、
田ノ浦　あ
宗之　いや僕もねえ、今日、ずっとそれ言おうと思ってたんだよ。［妻に］ね
和美　……
宗之　いや、いくら友人と言ってもね、口に出すのは失礼かなって思ったんだけど、でもま、考えようによってはね、むしろ、ダンナの前でちゃんと言えば、別になんのあれも、ま、後ろめたさもね、いや、ほんとでもあれだよね、はる子さんの二の腕。つまり、なめらかでまぶしいよね何だかね

はる子、太郎、苦笑い。

太郎　まあ。ねえ
宗之　あ、でもこれってやっぱセクハラかな
和美　当たり前ですよ

宗之　あ、そう。そうなる
和美　ええ
宗之　でも、単純に賞賛してるだけなんだから
和美　賞賛してようが貶《けな》してようが、女性がイヤなきもちになることは全部そうですよ。ねえ

はる子、苦笑い。

宗之　そうか。ま、確かに、社内だったら問題になるか
和美　ええ
田ノ浦　あ。でもですね
太郎　［同時に］まあ、でも。それほど。ええ……あの、じゃあ、（僕らはそろそろ）
宗之　でも肝心のはる子さんはどうなの？　この賞賛については
はる子　は
宗之　このあなたに対する賞賛を、どう思ってるの？
はる子　ああ。あの……ええ。うれしいですよ。ええと。田上《たのうえ》さん、あたしの腕をほめてくださって、ありがとうございます
田ノ浦　あ、いえ
雅人　あ、田《た》ノ《の》、浦《うら》です
田ノ浦　あ

太郎　［同時に］あ、そうそう　＋　**宗之**　うん
はる子　あ、ごめんなさい。田ノ浦さん。そう、すいません
田ノ浦　あいえ
はる子　あの。うれしいです。でも、今、口に出したら、ヘンだな
太郎　え？
はる子　だって、あたしの腕をほめてくださってって、あたし、なんか特別な技術がある人みたいで

和美以外の人々、「ああ」「確かに」等と反応。

雅人　職人さんみたいな
宗之　料理人とかな
はる子　格闘技とか
田ノ浦　［笑］格闘技

なごやか。が、同時に和美、出ていくので、

宗之　あれ、どこ行くの
和美　お酒。斉藤さん、持って来ましょうか
太郎　あ、いえ　＋　**雅人**　あ、いえ

雅人　僕は、だめなんで
太郎　［同時に］うちはもう、これで、
和美　うん、でも
太郎　おいとましますんで
はる子　ええ
和美　ええ、でも
宗之　あ、じゃあ、オレ、おかわり
和美　はい

和美、別室へ。

宗之　ま、みなさん、座ってよ
太郎　あ。でも
宗之　まあまあ。ここ、悪くないでしょ。風が入ってきて
雅人　ええ
宗之　座って座って
太郎　あ……じゃあ

人々、近くの椅子等に座る。

宗之　ふん……確か、小説で……川端康成《かわばたやすなり》の小説で、『片腕《かたうで》』っていうのがあったよね
太郎　『片腕』
宗之　知ってる？
太郎　いえ

他の男性たちも知らないという態度。

雅人　知らないですね
宗之　確かね……僕ぐらいの年の男に、ある若い女が、自分の片腕を貸してくれるっていう話。今、それを思い出したよ
太郎　はあ
雅人　え、腕を貸す？　え、それはどういう……どうやって
宗之　ああ。こう、ググッと、もぎとって、貸してあげるっていう。たぶんね
雅人　あ、ロボットですか
宗之　いやいや、そういうんじゃなくって。もっとこう、ほら、耽美的っていうかさ
太郎　ああ、川端はね
宗之　そうそうそうそう
田ノ浦　え、その男の方《ほう》は片腕なんですか

宗之　男？　いやいや
田ノ浦　男は普通で
宗之　うん。男はそんなことないよ
田ノ浦　じゃ、なんで女は腕を貸してくれるんですか
宗之　うん、確か、その若い女の腕がきれいだったから、じゃないかな
太郎　はあ
はる子　確か、いきなりこう始まるんですよ。片腕を、一晩お貸ししてもいいわ、って
宗之　そうそうそう。あ、読んでる
はる子　ええ、ずいぶん昔に。最初のとこだけ。強烈だったから。そこだけよく覚えてて。［宗之　ああ］あとはぜんぜん覚えてないんだけど
宗之　うん。ま、でも
はる子　でも、その男は一晩、その片腕を借りて、家に持ち帰って、自分の片腕と付け替えたりとかして
宗之　そうそうそうそう。で、付け替えた女の腕といろいろ話すんだよね
はる子　あ、そうそう。そうだった
宗之　ねえ
雅人　腕と話す
はる子　ええ　＋　宗之　うん
太郎　あ、ロボットっていうよりあれかな、アンドロイドなのか

宗之　いや、そういうんじゃないって言ってるじゃないの
はる子　ＳＦじゃないのよ
太郎　ああ。いや、
はる子　もっと……だから耽美的なのよ
宗之　そうそうそう。そうなんだよ
太郎　いや、今のはわざと言ったんですよ
宗之　あ、そうなの
はる子　ほんと？
太郎　え？
はる子　嘘
太郎　いやいや、ほんとだよ。え、今のわざと言った感じだった、でしょ？
雅人　え。あ、そうかな［と言って、田ノ浦を見る］
田ノ浦　あ、今のですか

このセリフの途中で和美がお酒やつまみなどを載せたトレイを手にやってくる。

太郎　あ、すみません
雅人　あ　**＋　田ノ浦**　あ　**＋　はる子**　すみません
宗之　いいのに。向こう行くから

和美　向こう、今すごいことになってるから。あれで。クラッカーとかで

宗之　ああ

和美　今、加納さんに片付けてもらってるから。さ、取って取って

太郎　あでも、もうこんな時間だし

和美　［時計をまったく見ずに］え、そう？　もうそんな時間？

太郎　ええ？

和美　あなた、そんな時間？

宗之　え？　いや［★2］……なんだよ

和美　［★2からダブる］田ノ浦さん、そんな時間？

田ノ浦　あ。いや、たいした時間じゃないです

和美　ねえ

和美、田ノ浦の頭を、まるで子供をからかうように触る。
はる子が笑う。
なごやか。

太郎　じゃあ、一杯だけ

和美　雅人さんはジュースでしょ

雅人　あ。あ、そうです。すいません

宗之　あ、斉藤くんは雅人っていうんだっけ
雅人　あ、はい
宗之　あなた、よく知ってるじゃないの
和美　そりゃそうよ。みんな斉藤さんなんだから
太郎　はは
雅人　みんなでもないですけど
宗之　うん
和美　だってこんな小さい地域社会で、斉藤さんが三人もいるんじゃない
太郎　確かに

なごやか。

和美　だって、下の名前って
宗之　「同時に」でも、そうなんだ

なので、妻が譲《ゆず》る。

和美　あ（いいわ）
宗之　でもそうか、酒もだめなんだ

雅人　あ、ええ。まだちょっと
宗之　今日、飲んでなかったっけ
雅人　ええ
宗之　そっか
雅人　一滴も
はる子　残念ですね。お酒お好きなのに
雅人　ええ、そうなんですけどね。まあ、しょうがないです
はる子　ええ。でも、今、我慢すれば、そのあとの喜びも大きいですよ
雅人　あ
はる子　あたしも、つらいことがあると、いつもそう思うようにしてるんで
雅人　つらいこと？
はる子　ええ
雅人　え、奥さま、つらいことなんてあるんですか？
はる子　ありますよ、いろいろ
太郎　［笑］なに
はる子　え、なに
太郎　ええ？
雅人　え〜、奥さまにつらいことはないでしょう
はる子　その奥様やめてください。はる子で。ひとつ

雅人　あ

田ノ浦が聞こえないくらいの小声で、

田ノ浦　はる子で。ひとつ
はる子　ん？
田ノ浦　あ

和美、それを見て、ふふと笑う。

太郎　［はる子に］つらいことなんかないでしょう
はる子　？
太郎　いや、ないことはないかもしれないけど、斉藤さんとおんなじレベルのわけないんだから。
雅人　そりゃ名前は同じなわけだけど
はる子　あ、いや、別に。それは
雅人　……そうだね。ごめんなさい
はる子　いえいえ、そんな。ぜんぜんいいんですよそんな

間。

和美　ね、今さっき、なんの話、してたの？
宗之　あ、さっき
和美　なんか、みなさん盛り上がって
宗之　ああ。（ええとね）
田ノ浦　でも、あの。病気と、そういう、日常の苦しみっていうか――は、まあ比較できないのではないでしょうか
宗之　ん
太郎　え？
田ノ浦　あ、今の、つらさの比較の話です。病気と、日常の苦しみとは比較できないんじゃないかって、思うんですね
宗之　ああ
雅人　あ、そうですよ、そう思います
田ノ浦　ええ。そういう感情っていうのは、相対的なものではないかと
雅人　相対的。ああ
田ノ浦　ええ
宗之　うん。わかるよ。そういうことって、人それぞれだっていうことだよね
田ノ浦　そうですそうです。例えばシリアの国民は今、大変苦しんでるわけですよね
宗之　……あ、シリアね

田ノ浦　ええ。実際、もう、何が起きてるかわかんないくらい、たいへんなことになってるわけです
宗之　ふん
田ノ浦　どう考えたって、日本のほうが幸せです
宗之　うん
田ノ浦　でも、日本だって、数年前はとんでもない悲惨なことになって、色んな国から同情されたわけですよね
雅人　ああ
宗之　そうだね
田ノ浦　だから……あ、それに、例えば、自殺率なんかは、日本はものすごく高かったりするわけでしょう
雅人　ああ、高いって言いますよね
田ノ浦　だから、ある人がつらいことがある、と言った場合ですね、その程度というのは、もしかするとシリアの国民にも負けないくらい、ほんとに、つらいかもしれないわけですね
雅人　……ああ
田ノ浦　ですから、一概にですね、
太郎　あれ、それはあれですか、僕に対する批判をしてるとか
田ノ浦　……ええ？　いやいや、そんなつもりはぜんぜんないですよ。え、なんで
太郎　え、でも、暗に、いや、ぜんぜん暗じゃないな、要するに、今、僕が家内に言ったことを非難してる、っていうことですよね、言わば

はる子　ちょっと
田ノ浦　［同時に］違いますよ、まったく。ないです、それは
太郎　でもあなた、さっきも僕に、なんか言ってましたよね
田ノ浦　なにをですか、僕は（なんにも言ってないですよ）
太郎　いや、なんかあれだな、さっきから僕に対してこう、なんかつっかかってるような気がするのはあれかな、僕だけかな
田ノ浦　それは斉藤さん、まったく違いますよ
太郎　そうですか？
田ノ浦　そうです。まったくそんなことないです
太郎　そうかな
和美　それは、ものすごくわかりやすい話ですよ
太郎　は。ん？
宗之　ん？　なに、わかりやすい話って
和美　だって、田ノ浦さんは、はる子さんに一目惚《ひとめぼ》れしてしまったんでしょう

間。

宗之　……ああ
田ノ浦　ははははは……

和美　やだ、笑ってる

さらに笑う田ノ浦。

和美　照れ隠し

田ノ浦、笑いが消える。

田ノ浦　いや
和美　違うの？
雅人　……田ノ浦さん

田ノ浦の目に涙があふれる。

田ノ浦　だって。だって
和美　［笑］嘘、泣いてるの!?
田ノ浦　［泣］僕だけじゃないでしょう、それは
宗之　おい
雅人　……ああ、多感なんだな、田ノ浦さんは

和美、笑いが消え、夫をにらんでいる。

はる子　ごめんなさい、あの。主人が、失礼なこと言って

田ノ浦　あ

はる子　だからですよね

田ノ浦　あいえ、そ、

はる子　あなた、田ノ浦さんに謝ってよ、ちゃんと

太郎　え、なんで

はる子　［超小声］だって……今ので、あれしたんだから

太郎　［超小声］いや、関係ないだろ、今のは、奥さまが

はる子　［超小声］でも、その前のあれじゃない、あんなケンカごしになるから

太郎　［超小声］そんな、ちょっと意見を言っただけでしょうが。オレ別に（彼に対してそんな）

はる子　［超小声］だってあれであの人、えらい緊張（しちゃって、あんなんなったんやん）

宗之　まあまあまあ、あのさあ。そんな大げさなこと（じゃないでしょ。うちのがまたちょっとからかったっていうかね）

和美　ええ、おっしゃるとおりですよ、田ノ浦さん。あなただけじゃないですよ。だから、そんな心細い気持ちにならなくっていいと思うんですよ。ここにいる人たちは、みんなはる子さんが好きなんだから。あなただけじゃないから。大丈夫。でしょ？

雅人　……ああ　＋　宗之　はは
和美　ねえ。だって、さっきからみんなそう言ってるんだから。しかも、こうやってご本人のご主人がいらっしゃるところで言ってるんだから。これがいらっしゃらないところだったら、ま、ちょっとムフフな感じになっちゃうけど、いらっしゃるんだから。ねえ。とっても健全だと思うけど
宗之　ああ。それはさっき、だから、僕も言ったじゃない
和美　ねえ。もう、この人［夫を示し］なんか、先週から大変なのよ、はる子さんが来る〜とか言って、腹筋とか始めちゃって
宗之　いやいやいや……あなたね、どうしたのよなんか。酔ってんの？
和美　酔ってなんかいませんよ。ご自分こそ真っ赤になっちゃって
宗之　ええ？　いや、僕は酔ってますよ、そりゃ
はる子　あの
和美　違いますよ、今のが図星だから真っ赤になってるんでしょうって
宗之　図星って
はる子　あの、あたし、そんなことないと思いますけど
和美　ん、なにが？
はる子　ですから……あの、確かに、こちら、トヨタの。ええと
田ノ浦　あ、田ノ浦です　＋　雅人・宗之・太郎　田ノ浦
はる子　あ、そう。ごめんなさい、田ノ浦さんに、腕をほめていただいただけで、つまり、それだけ

なんで

和美　え、それだけって？

はる子　それだけのことだと思うんです。だから、おっしゃってる、みなさんがあたしをどうとか、それはちょっと違うと思うんですけど

和美　え、ごめんなさい、おっしゃってることがよくわからないんだけど

はる子　あ、だから

和美　つまり、みなさんがはる子さんに首ったけっていうのが違うっていうこと？

はる子　あ、もうぜんぜん違います、首ったけなんて

和美　違くないわよ、ぜんぜん

はる子　違います、ぜんぜん

和美　だって、田ノ浦さんだって、雅人さん、こちらの斉藤さんだって、うちの［夫］だってそうでしょ

雅人　あ

宗之　［同時に］うん。それはある意味、そうなんだけどね

はる子　えでもでも、だからあの……あたしの腕が、なんかあたし、白いんでほめていただいたっていう、それだけなんで

宗之　うん。ま、でも

和美　［同時に］あのね、はじめはそういう感じだったけど、でも今はもう違うんですよ、あたしがお台所へ行って帰ってきたら、もうぜんぜん、まったく空気が変わってたんだから

はる子　変わ……え、今ですか？
和美　ええ
はる子　え、どう変わってたんですか
和美　もう、まったく。空気が。世界が
太郎　え、それは　＋　**雅人**　変わった。え　＋　**宗之**　え、なに　＋**田ノ浦**　え、それはどういう
はる子　意味わかんないんですけど。わかる？
太郎　え、変わったって、なにがですか
和美　それは………ちょっとあたしの口からは具体的には言えないけど
太郎　ん
宗之　具体的に言え（ないって）
和美　でも、とにかくはっきりしてるのは、ここにいるみなさんが、もうすっかり、はる子さんの美しさの、なんていうのかしら……奴隷になってるってことです
太郎　は。え？
和美　奴隷。美しさの。え、でもあれよ、あたしは別に、はる子さんを責めてるとか、そういうんじゃないから。ただ、事実を言ってるだけなんで。そのへん、誤解してもらったら困るんだけど
はる子　え、ちょっと待ってください。あの、なんかよくわかんない
和美　ううん。わかるとかわからないじゃなくって、事実を言ってるだけなんで
はる子　ちょっと待っ……あの、あたしそんなにきれいじゃないですけど。っていうか、ぜんぜんきれいじゃないですけど

和美　え、なに言ってんですか、おきれいよ
はる子　ううん。あたしなんかぜんぜん。それだったら、奥さまの方がぜんぜんおきれいだと思います
和美　なにそれ。やめてよ
はる子　奥さまだって、あたしと同じくらい色白だし、それに、今の、
和美　やめてください、そういうの
はる子　それに今の、美しさの奴隷ですか？　そういう性的なことをおっしゃるんなら、奥さまのその豊満な胸は、（今日は、）
和美　は？
はる子　その豊満な胸。今日ははじめっからすっごい、そういう魅力を振りまいてらっしゃると思うんですね
和美　なに言い出すの、いったい
はる子　え、そうですよ、だって……事実ですから
宗之　［苦笑い］いやあ
太郎　［同時に］はる子、（ま、そのへんでさ、）
はる子　えだって、うちの主人だって、さっきからずうっと、目のやり場に困っちゃうって言ってたし、
太郎　ええ？　いや
はる子　雅人さんだって、あの……トヨタさんだって、さっきから見てれば、ちらちら見てました

よ。ねえ

雅人　え

田ノ浦　いや、あの

はる子　でも、それって当然だと思うんですよ、それだけ美しい胸の谷間が目の前にずっとあったら、当然ですよ。あたしだってそうですもん

和美　えちょっと、なんでそんな今、何の関係もない、あたしの胸のことを出すのかしら

はる子　それは……事実を言ってるだけです。だって、奥さまが事実を言ってるだけだっておっしゃるから

和美　そんな。そんなことで対抗してなんになるの？　おかしいわよ、あたしが言ってる事実は、ね？　あなたがとにかくきれいで、周りの男性が全員虜になっちゃってるっていう事実ですよ、それだけのこと。あたしの胸のことなんて………［夫に］え、ちょっと、黙ってないでなんか言ってくださいよ

宗之　え。ああ………え、何を言えばいいの

和美　なに言ってん、だから、はる子さんの美しさについて意見を言ってくださいよ

宗之　ああ。だからそれは言ってるじゃないの、さっきから。とてもおきれいで……いや、こんな改まって言うまでもなくね………え、でも、え、なんでそんな言い合いになってんだっけ

和美　言い合いになんてなってませんよ

はる子　［途中から］なってません

宗之　あ、そう。だったら、別にさ

はる子　あたしは、あたしより奥さまのほうが、はるかにきれいだっていうことを奥さまが承諾してくれればそれでいいんです
和美　なにバカなこと言ってるの、そんなこと承諾もへったくれもないわよ、そんなことできるわけないじゃない。事実じゃないんだから
太郎　あのですね。まあ、もう遅いですし、そろそろあれなんですけど
宗之　ああ、そうだね
和美　そうね、ごめんなさいね
太郎　［小声］な、ハル、僕らはもう、ここらで
はる子　太郎くん、さっき言ったよね、あの谷間に指を一本、入れてみたいって
太郎　うん。通りに出ればタクシー捕まるからさ

太郎、立ちあがり、出て行こうと。はる子、それを制して、

はる子　それに、色の白いは七難隠すって、あれって、なんのひねりもないわけでしょ
太郎　いやもう、（今夜はさ）
はる子　あれってあたしがただの色白のブスってことだよね、それ以外に意味ないもんね
太郎　なに言っててん、あれは、
はる子　いや、いいんだよ、別に、ほんとのことなんだから
太郎　いやいや、あれは言葉の綾っていうか、（逆説的な意味で、）

はる子　だから、言ってよ、あたしそんなもんだって、奥さまに言って
太郎　いいだろ、もう
はる子　言ってって。言ってよ、あたしはそんなもんだって
太郎　ハル
和美　はる子さん、落ちついてよ
雅人　［同時に］ちょっと、どうしたんですか

雅人、言いながら吐き気をもよおす。というか様子がおかしい。

宗之　［同時に］ねえ、ちょっと
はる子　［同時に］いいから言ってよ、言って
太郎　いい加減にしろよ
はる子　言ってよ

突然、雅人がその場に倒れる。人々、反応する。「あっ」。

宗之　どうした
和美　どうしたの？　………雅人さん　＋　田ノ浦　斉藤さん
雅人　あ。すいません

和美　大丈夫？
雅人　あ、だいじょぶです。すいません。ちょっとまだ本調子じゃなくって
宗之　ああ
雅人　う……ちょっとトイレ

太郎が雅人に手を貸そうと、

太郎　あ
雅人　あ、だいじょぶです。いやいや、すいません……ちょっと
和美　ほんとに大丈夫？

雅人、トイレへ。和美、ついて行く。

宗之　だいじょうぶかな
太郎　ねえ

間。

はる子　あ……ごめんなさい。今。どうかしてました

太郎　ほんとだよ

宗之　うん。はる子さんもねえ……まあ、謙遜は日本人の美徳ではあるけどね。でも、実際、みんながその美を認めてるんだから、ていうより、実際そうなんだからさ、ねえ、なにもそこまで卑下しなくたってね

和美、戻ってくる。

はる子　あたしそんな……そんなつもりないんです。そういう、神経使ったりできる人間じゃないんで

宗之　あ、そう。でも

はる子　ほんとうに、奥さまのほうがおきれいだと思うから言ってるだけで

和美、タメイキ。

宗之　いや。それはね……美の感じ方はひとそれぞれなんだから。あ、そうそう、さっきのあれ、彼じゃないけど、それこそ相対的なものでしょ。あのねえ、谷崎《たにざき》もね、『陰翳礼讃《いんえいらいさん》』で書いてるんだけど、美っていうのはさ、もう、光ひとつでいくらだって変わるわけなのよ。つまり、明るいところで見るものと、暗いところで見るものでは、そのものの、作り自体が違うっていう。つまり、今の僕らは西洋の美の価値観に、ま、支配されてるわけじゃないですか。例えばほら、お歯黒ってあるじゃない。(あれなんかもう、典型的な)

和美　あなた、もうやめてその話
宗之　ええ？　でも今
和美　………
宗之　ま、そっか。そうだね
田ノ浦　いや〜
はる子　でもあの、そんな微妙な差を言ってるんじゃなくって
太郎　うん。この人はほんとにそう思ってるんですよ。嘘のつけない人なんで。な
宗之　うん
はる子　でも……失礼しました。取り乱しちゃって………お酒のせいだと思うんだけど
田ノ浦　［太郎に］あの、ほんとにそう、っていうのは
太郎　え？
田ノ浦　今、おっしゃった、はる子さんがほんとにそう思ってるっていうのは
太郎　ああ、もちろん、自分よりも奥さまのほうがおきれいだっていう
田ノ浦　ああ
はる子　あたしは……ほんとにそうだと思います。でも、こんな、なんか駄々こねてるみたいになっちゃうのは、本意ではないんで
田ノ浦　あ
和美　そうだ。田ノ浦さん
田ノ浦　はい

和美、ショールを外し、自分の二の腕を露わにする。息を呑む田ノ浦。

太郎　あ

田ノ浦　！

和美　どう？　あなた、腕が気になるんでしょう？　………しっかり見てくださいよ

田ノ浦　え

和美　あなたの意見を言っていただけます？

和美　見て……ほら

宗之　和美

田ノ浦　………あ……う

雅人が戻ってきた。

和美　あ。だいじょうぶ？

雅人　あ、はい。すいません。だいじょぶです

宗之　あ、そう

和美　ほんとに？

雅人　ええ、ちょっとまだ消化が

太郎　ああ
雅人　ええ。でも、もうだいじょぶなんで。お酒も飲んでないし
和美　じゃ、よかった
雅人　ええ……あ、お手伝いさんの方が、掃除終わりましたって
宗之　あ、そう。じゃあ
和美　うん。でも、今、ちょっと……腕を見てもらおうって
雅人　え
和美　雅人さんも、お願いします
雅人　え？　なにを
和美　あ、そうだ、すいません、ちょっとそこ、いいですか

和美は、太郎の座っていた位置に座り、はる子と並ぶ。

太郎　あ
和美　ちょっとごめんなさい………ほら見て。この差。どう？　田ノ浦さん
田ノ浦　あ。えー
和美　忌憚《きたん》のない意見を、お願いします。はる子さんに誤った認識を訂正してもらいたいから
宗之　和美。はる子さん、困ってるじゃないか
和美　［はる子を一瞥］………

田ノ浦　それは、あの。一概にはどっちとは
和美　そんなことないでしょ。あなたにははっきりわかるってあたし、わかってるから
田ノ浦　あでも。いえ、甲乙つけがたいと言うか、ま、クラウンとプリウスの違いといいますか
和美　ふざけないで。真剣に聞いてるんだから
田ノ浦　いえいや、でもこうして並んで、改めて拝見すると、ほんとに………〔雅人に〕ねえ
雅人　あ。ちょっと、よくわかってないんですけど……ちょっと座らせてもらいますね

雅人、座る。

和美　ね、田ノ浦さん、そこからじゃあれでしょ、もっと近づいていいですよ
田ノ浦　あいや、ここからでいいです
和美　だって、正確にジャッジしてもらいたいし
田ノ浦　あ、でも
和美　さっきも言いましたけど、こうやって手を振ると、ほらここのお肉が、ぷるるんて。ね
田ノ浦　あー、でも、その感じも、僕はちょうどいいと思うんですけどね
和美　ほら。ここ。びろーんて
宗之　和美、向こういって、果物でも食べようか
和美　どう、これ
田ノ浦　……あ、じゃあ、すいませんけど、両方上げてもらっていいですか

和美　両方

田ノ浦　はい。もしよければ［和美、両腕を水平に上げる］……あ、ばんざいかな。［和美、ばんざいの姿勢］

雅人　あ。ああ………なるほど

宗之　［咳払い］あ、これ、お水ですかね

田ノ浦　ああ

あ

田ノ浦が雅人に水を取ってあげたりして少しまごつく。雅人、水を飲む。その間、ばんざいしている和美。

和美　もういい？

田ノ浦　あ。はい、すいません

和美、腕を降ろす。

和美　はる子さんには？　いいの？

田ノ浦　あ

はる子　あ、あたしは

田ノ浦　あでも、はる子さまは、もうじゅうぶん拝見したので……にしても奥さまもほんとに。ええ

［★3］

雅人　［田ノ浦に］え、これは
田ノ浦　あ。ええ
はる子　［★3からダブる］ね、あなたもちゃんと意見言ってよ
太郎　え?
はる子　意見。言って
太郎　あ
和美　あ、斉藤さんはいいですから
はる子　あたしはわかってるけど、ちゃんと言って
太郎　え、なにが
和美　ご主人の意見は、あたしはいいですから
はる子　えでも、田ノ浦さんだけじゃデータとしたって不完全だと思うんですけど
田ノ浦　［つぶやく］あ、やっと覚えてくれた
和美　［かぶって］いいえ、ご主人ははる子さんのご主人なんだから、いいんです。だって客観的に言えないっていうか……さっきの様子からだって、どんだけはる子さんを愛してらっしゃるかわかるし、
はる子　いえそれは
和美　だから、はる子さんのほうがはるかにきれいだっておっしゃるのはもちろんわかってはいて
はる子　だから違うっつってんのに
和美　もちろん、わたしとしてはそれが真実なんだから、ぜんぜんいいんですけど、でも、それって

はる子　やっぱりお身内なんだからフェアじゃないわけですから
和美　そんなことないです、それはぜんぜん違うんです
なにが違うの？　だってさっき、田ノ浦さんにほら、ああいうふうに、詰め寄ったのは、(あなたに対する強い愛情があったればこそなわけじゃない)

この途中で、

太郎　あ、いや、わかりました。じゃあ、言いますから。客観的に。客観的な意見を。ね
はる子　ああ、いいんじゃないの？
太郎　うん、じゃ、もう一度よく見せてください

太郎、和美に近寄る。

和美　だから。いいです

和美、傍らにあったショールで自分の腕を隠す。

太郎　え、なんで隠すんですか。専務、いいですよね、拝見して
宗之　え？　いやそりゃ別に

太郎　ほら。じゃ、見せてください
和美　いやです。見ないで
太郎　え、なんで？　今、あんなに見せてたじゃないですか
和美　だから言ったじゃないですか、あなたには（見せたくないって）
太郎　いや、おきれいなことはわかってるんですけど

と言って、ショールを剝《は》がそうとする。

和美　いや、触らないで
太郎　なんで　＋　**はる子**　ねえ
和美　やめて
宗之　ちょっと　＋　**雅人**　あれ
太郎　［同時に］だって、さっきはご自分からあんなこと（してたじゃないですか）

太郎、ショールを奪い取る。

和美　あああ
宗之　おい　＋　**はる子**　ちょっと何もそんな
太郎　さあ、見せて

和美　助けて。いや。やめて［興奮している］

和美、床に倒れる。

太郎　あ、大丈夫ですか？

和美　ああ

和美、逆に太郎の手を取り自分に引き寄せる。

太郎　あ、え？

和美　ああ

太郎　あれ

と、添島照男が入って来る。缶ビールを手にしている。

雅人　あ

人々、気がつく。

和美、起きあがりショールをはおる。

照男　……どうしたの
宗之　ああ
照男　ただいま。どうしたの
太郎　あ
雅人　あ。ええと
和美　おかえりなさい
宗之　今、帰りか
照男　ああ
和美　遅かったわね
照男　遅くなるって言ったじゃない
和美　そうだっけ
照男　なにしてんの
和美　ええ？　……別に。ちょっとあれよ
照男　なに
宗之　ええと。あ、息子です
太郎　あ。息子さん。あ、おかえりなさい。いや、うかがってはいたんですけど、こんなご立派な
宗之　ま、身体だけはね。でっかくて

照男、ビールを飲み、はる子に気がつく。

和美 挨拶なさいって

太郎 あ、いえいえ

照男 しますよ、今。どうもこんばんは。照男です

宗之 サンアドの斉藤さん

太郎 あ、斉藤と申します。お父様にはいつもお世話になってます

照男 こちらこそ、父がいつもお世話になってます、ってハルさん。え、なんでいんの？

はる子 どうも。ご無沙汰してます

田ノ浦 ［つぶやく］えー、嘘

照男 え、まじ、でもさ

はる子 あ、夫なんで

照男 あ

太郎 ［笑］ ええ

照男 そうなんだ、あそうなんですか

はる子 うん

太郎 あ、お知り合い？

はる子 ええ、ちょっと

太郎 ああ、そうなんだ ＋ **宗之** あ、そうなの ＋ **雅人** へえ ＋ **田ノ浦** ［つぶやく］嘘。

太郎　信じらんないよ
照男　え、（どういう）
はる子　［同時に・はる子に］え、まじ知ってたの？　ここんち、オレの家って
照男　まさか。今、だからすっごい驚いた
はる子　いや、驚いたよ
太郎　ねえ
照男　いやほんと、奇遇ですねえ、そりゃ
はる子　あ、そうかそうかそうか、ハルさん、斉藤さん、ですもんね
照男　うん、そうそう……あ、患者さんだったの。添島くん
太郎　ええ
照男　あ、そうなんだ。え、だったってことは、いつごろ
はる子　あ、あれ去年だよね
和美　うん
照男　え、患者さんて
宗之　あ、虫歯。竹原歯科
はる子　え、はる子さん、歯医者なの
和美　あいえ、衛生士なんです
照男　衛生士
　歯科衛生士

太郎　ええ　＋　宗之　ああ　＋　雅人　あ、歯科衛生士　＋　田ノ浦　かあ。そうかetc
はる子　ええ
照男　そっか、あれ……いやでも、楽しかったなあ、去年は
はる子　ねえ
太郎　……え、楽しかった？　＋　宗之　え、何が？　＋　雅人　え、何が？　＋　田ノ浦　何が
楽しかったっていうの？
照男　あ、治療が
太郎　あ、治療が
照男　あ、もそうだけど、あと、合コンとかもやったし
はる子　あ、そうそう
太郎　合コン　＋　宗之　合コン　＋　雅人　合コン　＋　田ノ浦　あー、やったんだ
はる子　そう。ちょっと頼まれて。他の子たちに
照男　ええ。看護師さんたちと、うちら学生で
太郎　ああ　＋　宗之　ああ　＋　雅人　ああetc
雅人　そりゃ、楽しいわけだ
照男　ええ。でも、結局、はる子さんが一番人気者になっちゃって
はる子　え、そんなことないですよ
照男　唯一の人妻なのに
宗之　ああ　＋　雅人　うん　＋　田ノ浦　んん

はる子　照男くんが一番、大人気だったよ
太郎　ああ。そうだろうね
照男　いえいえ、そんなことないけど………でも、今日は人妻っぽいですねえ、やっぱり
はる子　え、そう?
照男　さすがだなあ
はる子　さすが?　ええ?
照男　だって、こんな服、着てるの………きれいだな
はる子　ああ、服はね
照男　なに言ってんの、きれいですよ
はる子　いやいや［首を振る］
照男　いやいや、きれいですよ。ねえ
太郎　はは
照男　だって、特にこの、腕が、こう、なめらかで、白くて

間。

照男　［静けさに］ん
田ノ浦　あ。それね。わかります。ま、僕もさきほど、それ言ったんで
照男　え?

田ノ浦　腕については

照男　え？　ああ、腕

和美、立ち上がり、

和美　ね、加納さん、いた？

照男　あ、帰りますって

和美　あ、もう帰った？

照男　うん。今

和美　あ、そう。言いに来ればいいのに

照男　ちょっと入りにくかったんでって。言ってたよ

和美　………

和美　はる子さん

はる子　はい

和美　［ささやく・ほぼ聞こえない］あたしの勝ちでしょ、やっぱり

はる子　はい？

和美、にやりとして出ていく。はる子、夫に　なんて言ったの？と目で聞く。

太郎　いや、聞こえなかった
雅人　［超小声］え、なんて言ったの
田ノ浦　［同］あたしの勝ちだとかなんとか
雅人　［同］ああ

照男、田ノ浦に、

照男　……え、腕についてって
田ノ浦　あ、ええ
照男　え、それはええと、どういう
田ノ浦　あ、ええと
宗之　あ、そうそう。照男、こちらがこないだ言ってた、田ノ浦さん。トヨタ自動車の
照男　え
田ノ浦　あ、田ノ浦です。申し遅れました
照男　あ。はじめまして。照男です
宗之　うん。ほら、こないだ
照男　ああ。ええ、僕、あの、内定もらってるんですよ。あ、就活中で
田ノ浦　あ、内定。あ、トヨタにですか？
照男　ええ

宗之　そうなんですよ

と同時に、

田ノ浦　ああ　＋　雅人　ああ　＋　太郎　ああ、そりゃすごい
はる子　［同時に］え、すごい。おめでとう
照男　うん
田ノ浦　え、部署はどこなんですか
照男　あ、でもまだ、どうしようか迷ってて。来週結論出さなくちゃいけないんですけど
田ノ浦　あ、じゃ、他にも内定が
照男　ええ
田ノ浦　あ、どこなんですか。あいや、もし差し支えなければ
照男　あ。三菱重工

ほお　ああ等と雅人、太郎。

田ノ浦　重工。自動車じゃなくて？
照男　ええ。飛行機作りたいんですよ
田ノ浦　ああ。あ、こないだジェット旅客機、出しましたもんね

太郎　ああ、そうそうそう、国産初の
照男　ええ、で、なんか、今後は戦闘機も作っていくみたいで
田ノ浦　あ、戦闘機
照男　ええ、ボク、戦闘機作りたいんですよね
雅人　ああ、戦闘機、いいですねえ
太郎　［同時に］ああ、いいですねえ、それは　＋　雅人　ああ、戦闘機ね　＋　田ノ浦　戦闘機ね、これからはね。いいですよね
照男　ええ
田ノ浦　いや、たぶん、そっちのほうがいいんじゃないかな［★4］

この一方、宗之がいつのまにか、はる子の隣に来ている。照男たちの会話とダブって。

宗之　［小声］乾杯
はる子　え
宗之　乾杯しようよ、も一回
はる子　あ、はい

はる子、飲みかけのグラスを持ち、

宗之　乾杯　＋　**はる子**　乾杯

宗之、はる子を――はる子の腕を凝視。

はる子　は？

宗之、三人に気をつけながら、

宗之　これ、今晩、貸してもらいたいな

と言って、彼女の腕を触る。［★5］

照男　［★4から続く］え

田ノ浦　あ、三菱のほうが

照男　あ、そうですか

田ノ浦　ええ、クルマはねえ、ま、もう、次の革命時代に入ってますから、もうね

照男　はあ

田ノ浦　つまり、今の形のクルマっていうのは、おそらくなくなると思うし

太郎　ああ　＋　**照男**　ああ

雅人　ま、でもそれは、まだだいぶ先の話ですよねえ
田ノ浦　ええまあ。あでももう、ドイツなんかもですね
照男　［かぶって・雅人に］あれ？
雅人　は　**＋　太郎**　ん
照男　あの、どこかでお会いしてますよね
雅人　あ。ああ、すみません、ご挨拶が［遅れて］……ご無沙汰してます。あの、斉藤です
照男　は
雅人　あ、こちらも斉藤さんなんですけど、［**太郎**　あ、ええ］わたしも。斉藤。雅人

太郎はもはや妻を気にしていない（田ノ浦は、はる子を気にしていたりする）。

照男　はあ
雅人　あの、去年、お母様の、お花の会のとき、一度
照男　お花の会。ええ、草月会館
雅人　そうですそうです。お父様に、ご紹介していただきました
照男　あれ。でしたっけ
太郎　はは
雅人　ええ。［★5から続く］あ、ねえ、専務
宗之　ん？

雅人　去年のお花の会ですよね
宗之　ん。ああ
雅人　ええ
照男　あれえ。すいません、ちょっと思い出せないな

太郎、笑う［★6］。

一方、宗之、さらに「この腕」と言ってはる子に迫る。

はる子、「えー、面白いな」と笑ってごまかし、立ち上がり、テラスの柵の近くにある数枚のCDを見る。

CDプレーヤーが置いてある。

照男　［★6から続く］え？
太郎　あ、失礼。あの、そのときこんな太った人、いたでしょ
照男　は
田ノ浦　90キロくらいの
照男　……ああ
太郎　顔立ちはそうだな………ちょうどこんなような
田ノ浦　そう
照男　……あっ
太郎　ね。でしょ

照男　あー、いや驚いたわ。ぜんぜんわかんなかったっすよ
雅人　ええ。おかげさまで……すっかり健康的になりました
照男　へええ。すごいな。こんな変わっちゃった人、初めて見た
雅人　ねえ　**＋　太郎・田ノ浦**　ですよね etc
照男　でもそっか。一年かければ、落とせるもんなんですね
雅人　ええ。まあ
太郎　ねえ
雅人　ま、でもちょっと無理しちゃったみたいで。まだ体調がね、ときどき意識が飛ぶっていうか

このセリフの途中で（あるいはもっと前から）CDプレーヤーからR&Bの音楽が流れてきていて、はる子が踊っている。

宗之が合わせて踊る。

照男　［笑］ハルさん…………なに、いきなり

照男、田ノ浦、太郎、雅人はそれを見る。

宗之　この曲、知ってる？

はる子、答えない。踊っている。

照男　［あきれて］父さん

宗之　それ。揺れる腕………昔、よく見たよ………光が流れて

宗之、曲に合わせて、かけ声。笑う、はる子。

太郎　ハル………なあ

田ノ浦が踊りに参加しだす。

三人で踊る。田ノ浦、奇声をあげる。

照男が笑って、参加する。

照男とはる子のコンビになり、同じ振りをしたりする。田ノ浦、勝手にひとりで踊り狂う。

太郎、次第に踊りだし、妻、照男と一緒に。太郎と照男が向かい合って踊る。

雅人も、力なく踊っている。

宗之、椅子に座り、何か飲んでいる。

和美が入ってくる。宗之が妻を見る。

宗之　ああ……はは

和美、その様子をしばらく見ているが、踊り始める。
和美が踊り始めてすぐに、雅人、気分が悪くなり、床に倒れ込む。

宗之　あれ
和美　だいじょうぶ……斉藤さん

宗之が音楽を止める。

和美　雅人さん
太郎　だいじょぶですか
雅人　あ。う……すいま、ふ。大丈夫です
和美　ほんと？　だいじょぶ？
雅人　さっき、間違えて誰かのお酒飲んじゃって
田ノ浦　あ、僕のかな
宗之　タクシー呼ぶか
和美　そうね
雅人　あ、だいじょうぶです。ぜんぜん、歩けますんで
宗之　いやいや、無理だって。照男、タクシー

照男　うん

通路（上手）へ行こうと。

雅人　あ、いいですいいです。ほんとに
田ノ浦　斉藤さん
和美　だめよ、そんな。［照男に］照男さん、お願い

照男、通路へ消える。

太郎　そうですよ、大事とったほうがいいですよ
雅人　いや。でもあの。もしかして、食べてないからかな
和美　え？

雅人、苦笑して、

雅人　空《す》きっ腹過《ぱらす》ぎかも……しれないです
太郎　ああ　＋　**宗之**　あ、そう
和美　お腹へってるの？

雅人　いや、わかんないんですけど、そんな気もするんで
太郎　あ、じゃあ　＋　田ノ浦　ああ
和美　ねえ
雅人　あの、もし、なんか残ってれば
和美　もちろん。消化のいいものがいいでしょ、今、いろいろ用意したとこだから
雅人　はい。あれ、音楽………あ、すいません、みなさん
太郎　いや、ぜんぜん
和美　いいのいいの。でもほんとに大丈夫？
雅人　ええ、すいません、大丈夫です、もう
和美　そう………じゃあ、みなさんもお部屋にどうぞ。用意してあるから。甘い物もあるし
太郎　あ
田ノ浦　ああ、でも
宗之　［同時に］うん。斉藤さん、うまいグラッパありますから
太郎　あ
はる子　［同時に］あもう、ほんとに。今日はこれで
宗之　えでも、なんかやっとご機嫌になってきたじゃないの
はる子　いえいえ、もうほんとに。ね
太郎　うん、そうだね
宗之　え、でもなんか残念だなそれは

はる子　ええ、そうなんですけど　＋　太郎　ええ、ほんとごちそうさまでした
はる子　ごちそうさまでした
宗之　そうお？　なんか、これからって感じなのに。［はる子に］音楽の話とかもしたいしさ
太郎　ああ。ま、それはまた、今度また
和美　でも、今、驚いた。あんな一心不乱に踊る女性、すごい久しぶり
はる子　あ。は。お恥ずかしいです
太郎　［同時に］ははは　＋　田ノ浦　いや、最高でしたよ　＋　宗之　ああ　＋　雅人　はは
和美　ねえ。長嶺《ながみね》ヤス子かと思っちゃった
はる子　いえいえ
和美　長嶺ヤス子ってまだ生きてるんでしたっけ
宗之　え？　いや、どうかな

はる子も含めて宗之以外、誰も長嶺ヤス子を知らない。

和美　でも、せっかく、雅人さんも食べ直したいって言ってるんだし、あたしも
雅人　あいえ、そんな、僕は
和美　ううん、それにあたしもなんか、はる子さんとなんかへんなわだかまりを残してお別れしたくないし、ね
はる子　あ、あたしは、もう、ぜんぜん、なんにも気にしてませんから

和美　えでも、そうは言ったってねえ

はる子に　いえ、ほんとに。あたしのほうこそ、なんか妙にこだわっちゃって

雅人　でも、今、ずいぶん、発散しましたもんね［笑］

太郎　［笑］まあね　＋　**宗之**　ねえ　＋　**和美**　ほんと、そうねえ　＋　**はる子**　あいえ、でも、今のは、発散ていうか、なんかよくわかんないものなんですけど

田ノ浦　最高でした

和美　でもほんと、ごめんなさいね、あたし、ほら、さっきの、川島さんの奥さんとちょっとほんとに、ウマが合わなくって、ほんと昔っからなんだけど［**宗之**　ああ］、だからちょっといらいらしてて

太郎　はは

和美　ほんと、自分でももう少し、大人にならなきゃって、反省してます

太郎　いえいえそんな

和美　ただ、はる子さんの虫の居所がね、なんで少々悪いのかは、ちょっと推測できないんだけど

はる子　え、あたし、別にそんな

同時に、照男入ってきて、

照男　15分くらいかかるって。今、混んでるみたい
雅人　あ　＋　田ノ浦　あ
宗之　ああ　＋　和美　あ、ごめんね、タクシー要《い》らなくなったの
雅人　ほんとすいません、ごめんなさい
照男　え、いいの？
宗之　うん＋　和美　うん、ちょっとそっちで食べて行くことになったから
照男　あ、そうなんだ。もういいんですか
雅人　ええ。もう。むしろ、ちょっと食べようかと
照男　あ。あ、じゃあ、キャンセルしなきゃ
雅人　すいません
照男　いえいえ、ぜんぜん。ねえ、あのテーブルの、オレも食べていいの
和美　え。あ、ぜんぜんいいわよ
宗之　もちろん
和美　なに、食べてきたんじゃないの
照男　いや。なんか料亭なんてあんま食べれなくてさ
和美　そう
照男　うん

と言って行こうと、

はる子　あ、じゃあ、そのタクシー、うちが乗りますから
照男　あ、そうですか
はる子　うん。ね
太郎　あ　＋　**宗之**　え、でもさ　＋　**田ノ浦**　えー
照男　あ、じゃあいいね
太郎　あ、でも。そうだな。じゃあ、せっかくだから、ちょっといただいていこうか
はる子　え？
宗之　そうだよ。それがいいですよ
和美　［同時に］そうよ　＋　**雅人**　ああ、よかった
はる子　え、どうしたの
太郎　いや、ちょっとね。そのグラッパにちょっと、後ろ髪をちょっと
宗之　ああ、そう。そうこなくちゃ。ねえ
田ノ浦　あ、じゃあ、僕もちょっといただいてよろしいですか
宗之　ああ、もちろん
和美　もちろんよ
田ノ浦　なんかあつかましいようですが
和美　なにおっしゃって（るの）、それじゃ、お部屋へどうぞ。今度は人口密度低いから、あれですよ、ゆったり

照男　じゃあ、キャンセルするわ
和美　うん［と言って下手へ］
太郎　あ、すいませんね、何度も
照男　いえいえ。まだ一往復なんで。三回まで無料だから
田ノ浦　ははは
太郎　［笑］照男さん、面白いなあ

照男、通路（上手）へ。
なごやかな雰囲気のなか、みんな、話しながら、通路（下手）へ消えてゆく。

田ノ浦　［声］三菱重工っぽくないと思うなあ
雅人　［声］ああ
田ノ浦　［声］あれですか、照男さん、料亭っていうのは、接待かなんかですか
宗之　［声］そうかな。いや、何やってるかわかんないんだけどね
雅人　［声］でもほんと前途有望ですね
宗之　［声］どうだかねえ

同時に、太郎もみんなと一緒に行こうとするのを、はる子が袖を引っぱる。二人だけ残る。

太郎　なに
はる子　ね、なんで
太郎　なにが
はる子　えだって、なんで帰らないの
太郎　だって。んな。誘われたし
はる子　そんなのさっきからずっと誘われてるじゃない
太郎　そうだけど、うちだけ帰るのもさ
はる子　なに言ってんの、ほとんどみんな帰ってるじゃん
太郎　いや、だから、ほんとに専務に近しい人たちとしては、
はる子　ね、さっき、（見てたよね）
太郎　これは立派な営業なんだから。（それぐらいわかるでしょ）
はる子　ね、さっき見てたでしょ
太郎　なに、なにを
はる子　そこで。専務に
太郎　なに
はる子　あたしが専務にされてたこと、見てたでしょ
太郎　見てないよ。踊ってたじゃない
はる子　踊る前だよ。あたし、太郎くんが、専務があたしを触ってるとき、こっちを見たのを見たよ
太郎　なに言ってん、見てないよ。そんなの見てたら言うよ

はる子　うそ。完全に見てたよ
太郎　見てないよ、だって彼と話してたんだ（から。就職のこと）
はる子　なんで帰らないって言い出したの
太郎　え？
はる子　ねえ、なんで帰らないって言い出したのよ
太郎　だから、言ったでしょ

これにかぶって、照男がやってくる。バスタオルを手にしている。

照男　あれ
太郎　あ
照男　みんなもう飲んでますよ
太郎　あ。今、行きます
照男　ええ

照男、反対側の通路へ行こうとするが、立ち止まり、

照男　あ、もしよかったら次どうぞ
太郎　え？　＋　**はる子**　え？

照男　あ、ちょっと汗かいちゃったんで、先にシャワー浴びちゃうんで
太郎　ああ
照男　よかったら。はる子さんも
はる子　あ、いえいえ
照男　［笑］だろうけど。よかったら言ってください

照男、下手の階段通路へ出ていく。
間。

太郎　とにかく行こうよ
はる子　合コンやったこと、なんにも言わないの
太郎　合コン？
はる子　さっき言ってた
太郎　ああ。だって……頼まれたんでしょ
はる子　あたし、黙ってたんだよ、いつもならもっとブツブツいろいろ言うじゃん
太郎　だって、別に頼まれてやったわけでしょ
はる子　やったこと黙ってたんだよ、前だったらもっとネチネチ言うじゃない
太郎　ええ？　なに、怒れって言うの？　怒ってくれって言ってんの
はる子　そういうことじゃ………いいよ、もう

太郎　なんだよ、もう。とにかく行こうよ、行くって言っちゃったんだから
はる子　……いい。あたし、もう帰る
太郎　ハル。ちょっと、飲んで……帰るから。仕事の話もあるんだよ、次の仕事、競合になっちゃったんだから。言ったでしょ
はる子　だから太郎残れば。あたし帰るから
太郎　……だって、なんて言えばいいの
はる子　気分悪くなったとか。なんだっていいじゃない
太郎　斉藤さん見てみなよ、あんな何度も倒れてるのに、立派に立ち上がってさあ
はる子　あの人はあの人でしょ、とにかく、もうここにいたくないんだよ
太郎　なに言っ……いいじゃない、ちょっと触られただけでしょ
はる子　見てたんじゃん、やっぱり
太郎　違うって、ハルが触られたって言うから
はる子　ちょっと触られるぐらいならいいんだ
太郎　いや、そんなこと言ってないって
はる子　だって、そういうことでしょ
太郎　あのね、もう、なんなのよ、だいたい。今日おかしいよ、奥さんとあんなムキになってさあ
はる子　なに言ってんの、あれはあの人がおかしいんじゃない、狂ってるやん
太郎　［小声］狂ってるのは前からわかってるでしょ

はる子　だって
太郎　もうさ、そういうの我慢してくんなきゃ、営業の一環なんだから、これだってさ
はる子　だってさっきだって、誰だっけあの、童貞っぽい人
太郎　え？
はる子　トヨタの
太郎　田ノ浦さん
はる子　あの人のこと、あんなにいじめてさ、意味なく。おかしいよ
太郎　別に毎日顔あわせるわけじゃないでしょ、年に一、二回じゃない、せいぜい

この途中で、宗之がグラッパのボトルとそれ用のグラスを持って、

太郎　あ
宗之　なんだ、探したよ
太郎　あ、すいません、ちょっと
宗之　ほら
太郎　あ
宗之　ね。はる子さんも
はる子　あ、いえ
宗之　ま、かけつけ一杯ってことで。ってなにがかけつけかわかんないけど

と言いながら、グラスを太郎とはる子に。

太郎　あ、どうも

はる子　あ、いえ、あたしもうほんとだめなんで

宗之　まあまあまあまあ、そう言わずにさ、ね

はる子　えー

太郎　ま、一杯だけ

宗之　そうだよ、はる子さんがそうといける口だっていうのは、今日、わかっちゃったもんね、と

と言いながら、ふたりと自分のグラスに少量、注ぎ、

宗之　これはもう、一気にね。じゃあ、乾杯しよう、なんに乾杯しよう

犬の鳴き声。

宗之　ああ、犬が鳴いてる。すごい

太郎　あ

宗之　じゃね、やっぱり、そう。はる子さんの腕に乾杯だな

太郎　はは

宗之　じゃあ、その腕に

宗之　乾杯　＋　**太郎**　乾杯

三人、一気に飲む。

太郎　かー［咳き込む］

宗之　くはあ………来るねー

太郎　たはは

宗之　香りもね。いいでしょ

太郎　ええ

はる子は平然としている。

太郎　いや、こんなの初めてだな

宗之　すごいね、いいね、はる子さん

はる子　いえ

宗之　どれどれ、もひとつ

はる子　あ、もうけっこうです

宗之　ええ、いけるでしょ、っていうかいけてるじゃないの

はる子のグラスに注ぐ。

太郎　あ　＋　**はる子**　あ。じゃあ
宗之　さあさあさあさあ
太郎　いや、実はそれほど強くは

はる子、一気に飲む。

宗之　あ、すごいね。いいね。うれしくなっちゃうねえ。よし、じゃ、もうひとつ
太郎　あ、もう
はる子　あ、もう、ほんとに
宗之　まあまあまあまあまあまあ
はる子　ああ

はる子、一気に飲む。

太郎　おい

宗之　ははは。いや、いいねえ
太郎　だいじょぶか、おい
はる子、うなずく。
宗之　うん。じゃ、なんかつまみながらさ
リビングへ誘おうと、
太郎　あ。すいません、あのう。なんか、家内、ちょっと、どうしてもですね、帰らなくちゃいけなくなりまして
宗之　え、そうなの？
この途中で和美がやってきて。手にはサクランボ。
和美　田ノ浦さんが寂しがってますよ
太郎　あ
宗之　［はる子に］でも、まだちょっといいじゃないの
はる子　あ

和美　田ノ浦さん、また泣いてんのよ。泣き上戸ね。［**太郎**　あ］またシリアの話して。シリアに親戚でもいるのかしら、あ、それね

宗之、ボトルを持っている。

宗之　ああ
和美　どう？　強いでしょ
太郎　あ。でも、うまいです
宗之　やっぱりすごい好評で、おふたりに
太郎　ええ今、家内も
宗之　そうそうそうそう
和美　そう、よかった。あたしなんか、お酒弱いからぜんぜんだめなんだけど、ね、ここもう、冷えてきてるんじゃない？　入りましょ
太郎　ええ。ただちょっと……家内はここで。な
和美　あ
太郎　ええ、ちょっとこのへんで
和美　あらそうなの　＋　**宗之**　んん
太郎　ええ、すいません、申し訳ないです、せっかくのあれなのに
宗之　ねえ

和美　でも、あなたは、だいじょぶなんでしょ？
太郎　あ、僕は、あつかましくも、まだもうちょっと
和美　あ、そう
宗之　でも、はる子さん、今、クイックイッといってねえ、なんか飲み足りない感じなのにねえ
太郎　［笑］いやいや
はる子　じゃあ、今晩だけならいいですよ
宗之　ん　＋　**太郎**　え
はる子　ええ
太郎　え、なに？
はる子　……片腕を、一晩お貸ししてもいいわ
宗之　え？
太郎　［笑］なに言ってんの
和美　えなに？
はる子　専務がさっき、あたしにそうおっしゃったんで
太郎　え
宗之　あ。川端のね
はる子　［首を振って］専務、あたしにおっしゃったじゃないですか。そこで
宗之　ええ？
はる子　つい、今。そこで。今晩、これを貸して欲しいなって

和美　はあぁ
宗之　……や
はる子　もしあれだったら、片腕だけでなくてもいいですよ。両腕でも。足でも。首でも

と言って笑う。

太郎　ハル、なに言ってんだよ
宗之　はは
太郎　今ので酔っ払ったんだろ
宗之　ああ、そうだね
はる子　酔ってないよ
太郎　酔ってるよ
はる子　あ。主人の仕事のことで、便宜を、はかる？（って言うの？）
太郎　え？
はる子　よくしていただけるなら、からだでも。からだ全部でも、いいですよ
太郎　ば、なに言ってんだよ
和美　あらやだ。あなた、よかったじゃない。夢みたいね
宗之　何、言ってんの、そんな、はる子さんね
太郎　はる子、失礼だろ、そんな。すいません

和美　えなに、そこで言ったって、いつ？　あたしがいないとき？
はる子　あ、奥さまはお部屋に行ってて、いなかったような気がする
和美　あ、ついさっきね
宗之　いやいや、そんなことは言ってないでしょ、僕。ねえ
太郎　ええ、もちろん。おっしゃってないですよ、そんな
和美　絶対言ってるわよ、それ
宗之　なにを言、
はる子　［同時に］はい
太郎　か
和美　ね、言ってるわそれは
宗之　なに言、そんな失礼なこと言うわけないでしょうが

これにかぶって、照男がシャワー後のいでたち（タンクトップにバリ風の膝丈のパンツ等）でやってくる。

照男　あれ、まだ（いるの）
太郎　は
和美　なに、けっこうちゃんと食べたいの？
照男　ううん。さっきあったのでいいよ、なんかエビのサラダみたいなやつとか
和美　ローストビーフもあるわよ、トロワグロの

照男　うん、食べる食べる。え、何してんですか
太郎　あ。いや。今、グラッパを
宗之　ああ
照男　……あ、僕もちょっと飲もうかな
太郎　あ
和美　あなた、そんなの飲めないでしょ
照男　うん。弱いんで。でもちょっと
宗之　はる子さんはね、今、一気に三杯
和美　え　＋　照男　えー
宗之　かけつけ三杯
はる子　［笑］あたしもそんなに強くないんですよ
照男　いや、強いのはよく知ってるけど、なんかグラスある？
和美　あ
太郎　あ、じゃあ、これ

自分のグラスを差し出す。

照男　あ、じゃ
太郎　あ

照男　あ、いいですいいです、自分で。なめるだけなんで………こんなもんで［と言って咳き込んで飲む］……ああ、こりゃ。ムリムリ

みんな、反応。なごやか。

和美　ほら。だから言ったのに　＋　**太郎**　ねえ　＋　**宗之**　弱いんだよ
照男　いや、ハルさんすごいね
太郎　だから、もう酔っ払ってますすよ
照男　そうなんだ
太郎　ええ。今、ぐびぐび
照男　ああ

はる子、ふふと笑う。

和美　なんか、上に着なさいよ
照男　え？　今、よけい暑くなっちゃったよ
和美　風邪ひくわよ
はる子　今、あれしたんですよ
照男　え？　うん

はる子　お父様に、あたしの腕を、今晩、お貸ししますっていう提案をね、してて

照男　え？

太郎　おい

照男　なにそれ。なんかさっきからなんなの、その腕って

はる子　お父様にさっき頼まれたんで

太郎　ハル

宗之　［同時に］だから、そんなこと

はる子　ね、聞こえなかった？　さっきそこで、お父様があたしに、今晩これを貸して欲しいなって

これをさえぎるように、

太郎　ハル、だから。なに言ってんの　**＋　宗之**　いや、そんなこと言ってないでしょって、もう

照男　ああ、さっきね。なんか一瞬聞こえたな

はる子　ほらね

照男　フフフ。あれそうか

はる子　そう

照男　あ、それでダンスか

はる子、うなずく。

照男　そっか。なんだ……そんなしっかりした理由があったんだ、今のダンス。もっとイミフっていうか、シュールなのかと思ってかっこいいなって思ったのに
はる子　ふふ。ごめん。普通なんです
照男　なんにでも理由があるもんだよね

間。

宗之　照男　＋　**和美**　照男さん
照男　［同時に］えなに、今、提案したって言った？
太郎　あ。ええと　＋　**はる子**　あ。ええ
照男　え、はるさんが？　今？

はる子、うなずく。

照男　え、ごめん、なにを提案したって？
はる子　だから腕を。今晩。頼まれたから。でも、それ以外のものでもいいですよって
太郎　いや、だからなんかそういう、それはですね　＋　**宗之**　いやいや、頼んでなんかいないじゃないの

和美　だから、はる子さん、酔っ払ってからかったんでしょ。あなたも、はる子さんの言うこと、いちいち真に受けなくていいんだから。ちょっとからかっただけなんだから。［太郎に］ねえ
太郎　あ。ああ
照男　からかった。あ、なに父さんを
宗之　そんな別に
和美　ええ、あとあたしも。ご主人のことも。みんな
照男　ああ。なんだかよくわかんないけど
はる子　……え
太郎　あ。ま、でも酔っ払って。ねえ
照男　あでも、はる子さん、そういうとこあるよね。人のこと困らせて喜ぶっていうさ、すごく……道徳的にも優れたっていうか、特質っていうの
はる子　あたし、普通ですよ、ぜんぜん。からかってなんか……え、奥さまは……なんとも思わないんですか。……あの。今の
和美　え、なに？
はる子　あ、ごめんなさい、いいです
和美　なに
はる子　いえ
和美　あ、今の。なんとも思わないわよ。あたしが怒るって思ったの？　だって、主人のいつもの……あれでしょ。冗談で言ったんでしょ？

宗之　え？
和美　え、本気で言ったの
宗之　え、なにを
和美　だから、そのはる子さんに言ったたっていう
宗之　ああ……いや、だから言ってないよ
和美　だから冗談で言ったんでしょ、テラスで言うならこれみたいな
太郎　いや
宗之　いや、なに言ってんの、そんなこと言ってないって
和美　いい加減にしてよ。そんなこちばっこれるんだったら、はる子さんの思う壺じゃない
宗之　なに言、
和美　［夫妻に］あ、ごめんなさい［笑］
はる子　［反応］か
宗之　まったく

照男、笑う。

はる子　思う壺って
太郎　いや。ええ。僕もそれは、冗談だと思ってますよ
宗之　いや、だから僕はなんにも言ってないって

太郎　あそうだ、言ってないんでした

宗之　ああ

太郎　……あれ

はる子　おっしゃいましたよ、だから

太郎　おい

照男　ま、おっしゃいましたよ。こちらは［宗之を示す］。いかにも言いそうなことだもんね

和美　照男さん

宗之　だから上になんか着なさいって

照男　そのうち谷崎の話が出てくるから………谷崎潤一郎。知ってる？

はる子　あ、さっきなんか

照男　あ、もう出た。ま、こちらのパターンですから。谷崎と佐藤春夫の、昔のなんかスキャンダルの話が出てきますよ、あ、それはもう出た？

はる子　ううん

照男　じゃあ、そのうち出てくるから

宗之　照男、お前なにが言いたいんだ

照男　別に、言いたいことなんかないよ、お父さんの行動パターンをこちらにちょっと、教えて差し上げてるだけなんで

和美　なに言ってるの、やめてそんなこと

宗之　［同時に］そんなモノあるわけないだろ。あることないこと、人様に言うもんじゃないよ

太郎　ま、照男さん

照男　ま、簡単に言うと、先月うちに遊びに来た同じサークルの国文科三年、遠藤ミカさん21歳をうちのお父さんは、オレがちょっと目を離してるスキに、さんざんくどいたっていう、ま、そういう話があるっていうね

宗之　そんなことするわけないだろ、いい加減にしなさいって、上着着ろ

照男　だって、ほんとだもんね、お母さんもちゃんと見てたんだから。ねえ

和美、それには答えずサクランボを食べ、種を皿に吐き出している。

照男　ま、その遠藤ミカさん21歳の卒論は、源氏物語なんだけど、源氏の解釈やら谷崎やら三島の話で盛り上がって、いろいろ口説いたあげく、

宗之　いいよ、もう、やめなさい

照男　あげくですよ、そのあとやっちゃったらしいっていうね

はる子、けたたましく笑う。

和美　照男さん、やめて

宗之　［同時に］そんなことあるわけないだろ

照男　でも聞いたよ、やったって。書斎で

宗之　やってません
照男　やったって言ってたもん
宗之　やってません
照男　あのね、ミカちゃんはそういうことで嘘なんか言うセンス持ってないからね

これをさえぎって、

和美　いい加減にしてよ。なにそれ。お客様の前で
宗之　……くそ

はる子、再び笑う。

太郎　おい
はる子　ごめんなさい。だって
照男　ま、いいんだよ別に。オレなんとも思ってないから
はる子　あ、ごめんなさい
照男　あ、違う違う。そのサークルの子
はる子　え？
照男　ミカちゃん。別にオレ、つきあってたわけじゃないから

はる子　あ、そうなんだ
照男　うん。向こうが勝手に
太郎　ああ。照男さん、もてますもんねえ
照男　いえいえ
太郎　合コンでも一番人気だし
照男　………　＋　はる子　………
和美　ええ、ほんと。女性だけじゃなくて会社からもね。面接受けがずいぶんいいみたいで。昔っから。幼稚舎の受験もそうだったし
照男　ふふ。僕、面接って好きなんですよ。完全に演技の世界だし
宗之　もてるのはいいけど、できたら女だけにしてもらいたいね
はる子　………え
照男　なんだよそれ
宗之　………あ、いや
和美　あ、そうだ。あたし、ご主人にお願いがあるんですよ

太郎、照男を見ていて聞いていない。

和美　ご主人
太郎　あ。は？

和美　今度のお花の会のパンフレット作っていただけないかしら
太郎　あ、パンフレット。ええ、喜んで
和美　あ、よかった。じゃあ、ちょっと待って、去年の取ってくるから

和美、下手へ行こうとする。と、田ノ浦が来ていて、

和美　あ
田ノ浦　あ
和美　田ノ浦さん
田ノ浦　あ、やっぱみなさん、ここですか
宗之　あ、すいませんね
田ノ浦　なんだあ
和美　あ、ごめんなさいね、あたし、呼びに来たのに
田ノ浦　いえいえ。ぜんぜんいいんですけど……ただ、みんなでまたとりとめのない建設的なお話をね、さっきみたいにするのかと思ってたんですけど
太郎　ああ　**＋　宗之**　ああ
和美　今、向こうへ移りますよ。ね
宗之　ああ
田ノ浦　ええ。甘いプディングとかもあるし

和美　ああ。あれおいしいでしょ
田ノ浦　はい。おいしかったです。あんな大きなプディング、初めてで
和美　あれ、あたしが作ったんですよ
田ノ浦　えー、それまじすごいです、ほんとに驚きました
和美　ありがとう。あ、雅人さん、食べてる？
田ノ浦　あ、そうなんですよ。で、斉藤さん、ちょっとワインとかも飲んだら、なんかやっぱりよくないみたいで
和美　え　＋　**太郎**　え
田ノ浦　ええ、今、ソファで横になってるんですけど
和美　あらやだ　＋　**宗之・照男・はる子**　え
田ノ浦　いや、ご本人は少しこうしてればだいじょぶだって言ってるんですけど
太郎　ああ
田ノ浦　しかし、あの広い部屋で僕とソファに寝てる人と、それだけの世界が構築されてしまったんで、ちょっとさすがにですね、どうしたものかと

このセリフの途中で。

和美　やっぱりいけなかったのかな

と言って、出ていく。

田ノ浦、グラッパのボトルを見て。

田ノ浦　……………これね。さっき僕もいただきました

宗之　うん

田ノ浦　強烈で

太郎　はは

田ノ浦　あ、飲まれました？

太郎　ええ

田ノ浦　はる子さんも

はる子　あ、はい

田ノ浦　あ、はる子さん、強いですもんね

太郎　ええ

宗之　だいじょぶかな、ちょっと見てこよう

宗之、出ていく。

田ノ浦　あ

太郎　あ

田ノ浦　………いやあ、でも、夜はなんだか［座る］

太郎、立ち上がり、行こうとするが、また座る。

照男　オレ、斉藤さんと、二回、［太郎が反応するので］ああ、あっちにいる
太郎　ああ
照男　2回しか会ってないんですよ。太ってるときと、今晩と
田ノ浦　あ、僕もそうですよ
照男　あ、そうですか。なんか、すごいヘンな気がしません？
田ノ浦　へん
照男　なんていうの、イメージが作れないって言うか、だってビフォー&アフターの二回だけだから……どっちもリアルじゃないっていうか嘘っぽいっていうか
田ノ浦　ああ
照男　ほら、ダイエットのCMとかの、ビフォーアフターってめちゃくちゃ嘘っぽいじゃないですか
太郎　ああ　＋　田ノ浦　ああ
田ノ浦　ええ、全部あれですよね、デジタル処理っぽいですよね
照男　ねえ。だから……斉藤さんもなんか、どっちも本人じゃないような、っていうか、実体がない感じ

田ノ浦　確かに。ヘンだ。ヘンですね。なんか、騙《だま》されてるっていうか

照男　そうそう

田ノ浦　そもそも斉藤さんて言う人はいたのか、みたいな

照男　ねえ

田ノ浦　ええ　＋　**太郎**　はは

照男　ま、そこまでじゃないけど

田ノ浦　でも、ほんとは斉藤さんじゃなくて、田中さんと山本さんだったらどうしよう。ええー

照男　ああ、なるほど。ねえ。ま、そんな感じ……え、でも斉藤さんは？　斉藤さんと親しいんでしたっけ？

太郎　あ、ま、親しいっていうほどじゃないんですけどね、でもこんなだったとき、何度も会ってるんで。ねえ

はる子　あ。うん

太郎　だから、僕なんかは太ってるイメージが強いから………ま、ちょっと痛々しいっていうか

田ノ浦　ああ、前のイメージが強ければね。ええ。ま、問題ないですよね

太郎　あ、まあ

間。

はる子　あたし

田ノ浦　［かぶって］あ。はる子さん、それ［グラス］、空じゃないですか。なにか
はる子　あ、いえ
田ノ浦　そうですか。でも
はる子　あの、あたし、もう帰るんで
田ノ浦　え
はる子　ええ
照男　そう
田ノ浦　あ、そうなんですか。それは残念至極といいますか、超残念系の極みっていうか
はる子　でも、いいかな？
照男　え？
はる子　あれ、最後に、ちょっとだけ
照男　ああ　＋　田ノ浦　あ、やっぱり
太郎　ハル、飲み過ぎだよ
はる子　うん

はる子がグラッパを取ろうとする。それより先に照男が瓶を取る。
田ノ浦も取ろうとして立ちあがったが、また座る。

はる子　あ、すいません

照男　これじゃ小さいんじゃない？　ジョッキでも持ってくる？［彼女のグラスを受け取り、注ぐ］

はる子　［笑］いえいえ

照男　はい

はる子、照男にキス。

田ノ浦　あ

照男　ちょっと、ハルさん

はる子、太郎を見て、田ノ浦を見る。

照男　なに、どうしたの、面白いことするね

この途中でもう一度キス。

照男の笑い、消えている。はる子、太郎を見る。はる子、ありがとうと言ってグラスを受け取り、飲み、ごちそうさまと言ってグラスを照男に渡し、上手、玄関へ。

照男　あ……ええと。あれ？　［太郎に］え、どうすんですか

太郎　……

照男　え、じゃ。え、ちょっ、［玄関へ］

玄関から声が聞こえる。

照男　［声］ちょっと待ってよ、送ってくから

はる子　［声］あ、いいいい。大丈夫

照男　［声］クルマで送るよ

はる子　［声］照男くんが？　お酒飲んでるじゃない

照男　［声］たいして飲んでないもん

はる子　［声］ううん。いい、ほんとに

照男　［声］いやでもさ

はる子　［声］ほんとほんと、いいの

照男　［声］じゃ、タクシー呼ぶから

はる子　［声］通りまで出ればつかまるから

照男　［声］いや、今、工事やってるからずっと。つかまんないよ

はる子　［声］だいじょぶだよ、歩くから

照男　［声］でも、つかまんないって、ほんとに

はる子　［声］いいのいいの、歩きたいし

この途中で太郎、玄関へ行く。

太郎　[声]　ハル……ちょっと待って。帰るから

はる子　[声]　いいよ。だって営業するんでしょ

太郎　[声]　そんなことないよ

はる子　[声]　いいよ、先に帰るから

太郎　[声]　ちょっと待ちなさいって

はる子　[声]　帰りたいんだよ。言ったじゃん

太郎　[声]　だから、今、挨拶してから

はる子　[声]　いいよ

太郎　[声]　よかないよ

はる子　[声]　いいって

照男　[声]　ハルさん

太郎　[声]　ちょっと

はる子　[声]　痛い、やめて

太郎　[声]　ハル

はる子　[声]　離して

ドアの閉まる音。

太郎　[声]……はあ

照男　[声]え、いいんですか

太郎　[声]………ま、専務に挨拶しなきゃ

照男　[声]え、そんなの

太郎　[声]………

照男　[声]え、なんですか

太郎　[声]あ、いえ

一方、この間、舞台での田ノ浦、涙ぐんでいる。

田ノ浦　………

太郎が玄関へ行ったあとも、田ノ浦はそのまま。下手奥から、和美がやってくる。

和美　あら、みなさんは？

田ノ浦、見る。

和美　［ん？］………あ、また泣いてるんですか
田ノ浦　あいえ
和美　［笑］でも泣いてますよね、それ

男ふたり、玄関から戻り、

照男　ん
和美　ああ
照男　なに笑ってんの
和美　え。あ。ううん……［息子と太郎を見て］え、どうしたの
照男　あ、はる子さんが、今、帰りましたー
和美　え。あ、そう
照男　うん。ご夫妻によろしくお伝えくださいって
和美　あ、そう。直接言ってくれればいいのにね
太郎　すいません、ほんと
和美　ううん。ぜんぜん。いいんですけど
太郎　すいません
和美　……あ、ええと………あ、そう。雅人さん、よくなったみたいだから

和美は目の前の泣く男のせいで用件を一瞬忘れたのだ。

照男 あ、そう **＋ 太郎** あ、

和美 うん、お酒飲んでる。斉藤さん、来てあげて。一緒に

太郎 あ、はい

和美 さっきの打ち合わせもしたいし

太郎 あ

和美 田ノ浦さんも………ね、また泣いてるのよ。今度はなんの話？

田ノ浦 いえいえ、別に

和美 そう？

田ノ浦 いえいえ。あの、でも。僕もそろそろ

和美 え

田ノ浦 ええ、おいとましようかと

和美 あら、やだ

田ノ浦 すみませんけど

和美 でも、斉藤さん、話したがってるから

田ノ浦 あ、ええ、ま、ちょっと挨拶して

和美 うん

田ノ浦　［太郎と照男に］あ。ええと。じゃあ。どうも
太郎　あ、どうも　＋　照男　あ
田ノ浦　………ええと
和美　ん？
田ノ浦　あの。さっきのは、どういうふうに解釈すればいいんでしょうか、みたいなことをちょっと教えていただければ

言い出したところで、宗之がやってくる。

宗之　ああ
和美　あ。今
宗之　うん。あれどうしたかな、去年の箱根の写真
和美　箱根の？　客間のあそこでしょ
宗之　いや、ないんだけど。あれ？　［太郎に］はる子さんは？
太郎　あ、すいません、ちょっと先に帰りました
宗之　あ
太郎　すいません、専務に挨拶しろって言ったんですけど、なんか急いでて
宗之　あ、そう。なんだぁ
太郎　すいません、勝手で

和美　ねえ、残念ね
宗之　ま、確かに、なんか急いでたしな
太郎　は。まあ
宗之　そっか……んん
田ノ浦　あの、僕もそろそろこのへんで
宗之　え
田ノ浦　ええ
宗之　ああ、そうですか
田ノ浦　はい。ごちそうさまでした、ほんとに
宗之　あれ、でも、なんか、今、斉藤さんが、あなたになんか
田ノ浦　あ、はい。じゃ、ちょっと

と言って、奥の部屋へ。

宗之　ああ……んん。でも、そうか。はる子さん………せっかくあんな
和美　あんななんですか
宗之　え？　いや。いいんだけど………でも突然だよねえ
太郎　ええ、ほんと。あの、今度、また改めてご挨拶にまいりますんで
宗之　いやいや、それはいいんだけど　＋　**和美**　そんな、いいですよ

宗之 ま、でも、そうか……そうね。ま。なんか、急いでたもんね

太郎 あ。はい

宗之 ねえ

和美 ううん。ほんとに急いでたらグラッパ三杯も飲まないでしょ。誰かさんが暴露したから、身の危険を感じたんじゃないの

和美、言いながら下手へ消える。

照男 [ムッ] ええ?

宗之 なんだよ、それ

和美 ちょっと、こっち手伝ってください

夫は息子たちを一瞥し、言いながら妻を追う。

宗之 あ。なあ。じゃあ、写真はいいよ

和美 [声] なんの

宗之 [声] だから箱根の

和美 [声] ああ、どうせコンペの優勝、自慢したかったんでしょ

宗之 [声] 違いますって

間。輝男と太郎だけが残る。

照男 あの。ちょっと
太郎 ん？
照男 あの、ちょっと言っておきたいんですけど
太郎 うん
照男 ……ええと
太郎 うん
照男 あの………オレ、はる子さんとなんにもないですから。ほんとに
太郎 ああ。いや、それは。ええ。ま、正直最初は……ちょっと思いましたけど
照男 あ、そうなんだ
太郎 ええ。そりゃあ、やっぱり
照男 ああ。ですよね
太郎 ええ
照男 ま、でも、よかった。そんなら
太郎 ええ、ぜんぜん、今は。もう、疑ってもいないですよ
照男 あ、じゃあ、よかった………だから、なんて言うの、さっきのはちょっと
太郎 え？

照男 あ、はる子さんの、今の
太郎 ああ
照男 キスって言うか
太郎 ああ。ええ
照男 ええ……何だったのか、よくわかんなくて
太郎 ああ、そうね
照男 ええ………なんですかね、あれ
太郎 いや、僕も。まあ、僕への、なんだろう、あてつけみたいな
照男 あてつけ………え、なに、あの。うまくいってない？
太郎 あ
照男 おふたりが
太郎 いや、まあ。そう……ま、ストレスっていうか、だいたい、今日ここに来るのもね、さんざん駄々こねて、ああ、でもいいな、この筋肉

太郎、照男の腕を触っている。

照男 え、なんですか
太郎 いやいや、ほんとにほんとに。これね
照男 ええ？

太郎　ほら、こんな、しなやかで
照男　いやいや、僕なんかもう、ぜんぜんあれですよ、生っちょろいだけだから
太郎　なにおっしゃいますか
照男　ええ？
太郎　なにおっしゃいますか、ほら、力入ると、ここがこう、ピクッて
照男　あ、ちょっ、痛いっすよまじ
太郎　うん。うん。でもあれだよ、今日、ほら、腕の話、ずいぶんしたじゃない
照男　あ、うん
太郎　でも、僕なんかあれだな、さっき照男くん見たときから、腕なら、もう文句なく、一番はこれでしょって。ずっと思ってたよ
照男　いやいや、そんなことないですよ、実際はる子さんのほうがぜんぜんきれいだし
太郎　いやいや、はる子は、もうあれ……なんていうの……白いだけだから
照男　いや、でも僕のなんか、えだって、それだったら、斉藤さんの腕、見せてくださいよ
太郎　僕の？
照男　ええ
太郎　あ、いいよ［上着を脱ぎ、シャツを脱ごうと］
照男　あ。あ、いいですいいです、やっぱ
太郎　いや、いいよぜんぜん
照男　いやいやいや、ここで脱いでどうすんですか

太郎 え、そう

照男 ええ

太郎 でもちょっと、見てもらいたいな

照男 いや、じゅうぶんわかるから。わかるから言ってるんで

太郎 ま、じゃ、今度また

照男 ええ。ま、でも、とにかく、僕の腕なんてそんな上等なモンじゃないし［**太郎** うん］、斉藤さんにほめられるようなモンじゃないと思うし、っていうか、逆に、ほんとは斉藤さんみたいにカラダもっと鍛えなきゃって思ってて

太郎 ［さえぎって］あ、ちょっとごめんね、ああ、やっぱり

太郎、照男の腕の匂いを嗅ぐ

照男 あ

太郎 うん、匂いもいい。うん。なんていうのかな、ちょっとオリーブの香りがする。うん。［くんくん］

照男 ああ

太郎 これだな、これ……うん。こっちも？　……ああ、おんなじオリーブ………ああ

太郎、照男にキスする。

太郎　ああ、ごめんね
照男　……あの。ここじゃ、ほんとやばいんで
太郎　あ。ああ、ごめんほんと
照男　場所、変えませんか
太郎　え、今？
照男　ええ。だって……そりゃ、今でしょ、やっぱ
太郎　え、変えるってどこ。［小声］どっかホテル？
照男　いやいや、そこ。上で
太郎　あ。その、例の書斎？
照男　［笑］まさか。オレの部屋ですよ。［**太郎**　あ］客間から一番離れてるし
太郎　あ、そう
照男　ええ
太郎　あ、部屋ね、君の
照男　ええ。あの、ちょっと先、行ってるんで、パッと片付けたいから
太郎　え、いいよいいよ、片付けなんて
照男　いや、ちょっと、ちょっと待ってくださいよ、あ、じゃあ、シャワー浴びててよ
太郎　あ、シャワー
照男　うん。廊下の一番奥
太郎　え、いいの

肯いて、照男、階段を上がる。
太郎、階段を行こうとするが、戻り、テーブルに置かれていたグラッパをラッパ飲みほし、むせ、わけのわからない叫び。

太郎 はあああ。××××　よしっ

と、上に行こうとすると、上手に和美がいる（手にパンフレットを持っている）。

和美 どうしたんですか
太郎 あ
和美 どうしたの
太郎 いや………あ。今、犬が
和美 犬

はだけているシャツを直し、

太郎 あいや。わかりません。なんかすいません、今、お酒また飲んだら、ちょっとあれです、気持ちが

和美　気持ちが……昂《たか》ぶっちゃった？

和美、ショールをおろし、肩を見せる。

太郎　あ。ええ
和美　あら、照男は？
太郎　あ、えーと。今、どっかへ
和美　そう
和美　［笑って］あの。さっきあたしも
太郎　は
和美　あなたに、ほら
太郎　え
和美　ここで。襲われそうになったとき
太郎　ああ
和美　すごい昂ぶっちゃいましたよ
太郎　いえいえいえ、あれは、襲うなんてそんなんじゃ
和美　ううん
太郎　あれは、あれです、あの……ハルが、家内が妙にこだわるから
和美　あれ、はる子さんに言われたから？　それであたしを襲ったの？

太郎　いやいや、襲ったなんて。えだって奥さまも、お見せになるの、すごく嫌だっておっしゃったから
和美　和美和美和美
太郎　ん
和美　和美
太郎　ああ。和美さん
和美　………今もね、向こうで、田ノ浦さんが、また難しい話、あ、あの人、おいとましますって言ったのに
太郎　ええ
和美　でも、またなんか難しい話はじめちゃって
太郎　ああ
和美　うん。その間、あたし、ずっと考えてたんですよ、さっき、あのまま太郎さんに、だから……みんながいる前で……そのまま襲われてるあたしを……想像しちゃって
太郎　ああ……なるほど
和美　だから、田ノ浦さんに今なんか、どう思います？　ってふられたんだけど、まったく聞いてなかったから、今、すごい困っちゃって［笑］
太郎　ああ

和美、太郎にキスしようと。

と、奥からかすかに笑い声（宗之・田ノ浦・雅人）。

和美　あ。ごめんなさい、ええと………これが去年の［パンフレットを出す］

太郎　あ、これね。お花の会

和美　ええ

太郎　ええと。じゃ、詳しくは、どうしましょう。ええと……じゃ、あとで

和美　ええ。今日はもう遅いんで、日を改めて、どこかで

太郎　あ、そうですね

和美　明日でいい？

太郎　あ、明日

和美　ええ、お昼でも食べながら

太郎　ああ

和美　ね。西麻布とかで

太郎　あ、わかりました

和美　あとでメールしますから

太郎　あ、はい………了解です

和美　……あ、そうだ

太郎　はい

和美、太郎の手を取り、

和美　指、出してくれます？

太郎　え？

和美　指。そう、これこれ

太郎　あ

和美、太郎の人差し指を舐め、自分の胸の谷間に入れる。

太郎　あ

和美　さっき、聞いちゃったから

太郎　え。ああ、さっきの。はは

和美　ね

和美、部屋へ行こうと。

和美　明日のお昼、個室のいいお店があるんですよ

太郎、動かないので、

和美　ん。行きましょう
太郎　あ
和美　ん？
太郎　あ……ちょっとですね
和美　うん
太郎　あの。あ、ちょっとシャワーを使わせて頂ければと
和美　シャワー。あ、それで、今
太郎　ええ、さっき、照男さんにどうぞって言われて、あと、さっきのダンスでちょっと汗かいちゃったんで、さっぱりしたいかなみたいな
和美　［かぶって］ああ、どうぞどうぞ。こっちです
太郎　あ
和美　着替えは？　照男のがいくらでもあるし
太郎　あ、だいじょぶです、それは
和美　じゃ、タオルだけでいい？
太郎　あ、はい。すみません
和美　やっぱりタオルは今治《いまばり》のが一番いいわよね
太郎　ああ
和美　こちらです

太郎　あ、すいません

ふたりが上に行き、しばらく誰もいない舞台。
と、雅人が宗之と田ノ浦にかかえられて。

田ノ浦　だいじょぶですか
雅人　はい
宗之　どこ座る
雅人　風が、こう、通るほうが
宗之　じゃ、あそこに

雅人、息も荒く、なんとか歩いて座り込む。

雅人　ああ………ああ。でもすでに………だいぶよくなったんで
田ノ浦　ほんとですか？

雅人、変わらず息が荒い。

宗之　やっぱりお酒、良くなかったんじゃないの？

田ノ浦　そうですよ。お肉やフライも召し上がってたし
雅人　いや、でも、お腹はなんともないんですけどね………ただ、なんか暑くて

和美が降りてきて、

和美　あら
田ノ浦　あ
和美　え、こっちに？
雅人　ええ
宗之　今、またおかしくなったんだよ
和美　え。だってさっきあんなに
宗之　うん。今、急に
和美　ええ？
雅人　あ、でも、もう、だいじょぶですから
和美　だいじょぶなの？　ほんとに
雅人　ええ。なんか急に暑くなって………でも、今ここ来たら、ずいぶん楽になりました
宗之　そう？
雅人　ええ。あ、みなさん、座りましょうよ。なんか病室みたい
宗之　はは

田ノ浦　でも斉藤さん、強いですよ。すごいな

三人、座る。

雅人　いやいや……でも、ここ、ひやっとして気持ちいいんですよ、ほんと。楽になった
宗之　あ、そう　＋　田ノ浦　ああ
雅人　ええ。すいません。もうすっかり、元気ですから
宗之　うん
和美　でも、顔色、真っ青だし………一応、病院行きましょうか、どこか救急の
雅人　いやいや、そんなぜんぜんもう、だいじょうぶです。ちょっとこうしてれば。薬もちゃんと飲んでるし
和美　そう？
雅人　ええ………でもそうか、真っ青ですか
宗之　んん
雅人　化粧、取れちゃったんだな
和美　化粧？
田ノ浦　ああ。なんでしたっけ、ファンデーション
雅人　ええ
和美　あ、そうなの

雅人　ええ
宗之　ああ

間。

雅人　でも、あれですね………やっぱりみなさんと一緒に、ちゃんと飲み食いしたいですわ
宗之　ああ、そりゃそうだよ　＋　**田ノ浦**　ええ　＋　**和美**　ええ
雅人　あの、厚かましいあれですけど……お願いなんですけど
宗之　うん
雅人　来年は、わたし、そうとう回復してるはずなんで、またこれに、呼んでいただけますか
宗之　ああ、もちろん　＋　**和美**　ええ、もちろんですよ
田ノ浦　あ、じゃ、僕もお邪魔していいですか
和美　田ノ浦さんはだめよ
田ノ浦　え
和美　嘘よ

なごやか。

和美　［雅人に］来年は、ぜひ奥さまと一緒にね、いらしてください

宗之　うん
雅人　あ。ああ、実は去年、離婚しまして
和美　え？
宗之　あれ、そうだった
雅人　ええ
田ノ浦　ああ、さっきなんか
雅人　あ
和美　知らなかった
雅人　すいません、言いそびれて
宗之　あ、そう。去年
雅人　ええ。ま。だから、今、道で会ってもオレだって気がつかないと思うんですけどね。あ、別れたかみさん
宗之　ああ……ま、道で会うことはないけどね、まず
雅人　……
和美　あ、じゃお子さんは？　奥さんが？
雅人　ええ、向こうが。あ、あいつもオレのこと、わかんなかったら、ちょっとイヤだけど
和美　………そう
雅人　ま、そういう。へへ。だから、次はひとりで
田ノ浦　………あの、じゃあ

和美　ね、ここ冷えない？
宗之　うん、ちょっとね

雅人、荒い息。

宗之　向こう、戻るか。行ったり来たり。はは
雅人　あ、いやいや、ここで。このほうが
和美　あ、じゃあ、なんかかけるもの
宗之　うん
和美　あ、なんだったら、今晩泊まっていけばいいから
雅人　いえいえ、そんな
和美　ぜんぜんかまわないから

和美、行こうと。

田ノ浦　あ。あの。それじゃあ、僕、お先に
宗之　ああ　**＋　和美**　あ、そうですか
田ノ浦　ええ。斉藤さん。じゃ、お先に
雅人　はい

田ノ浦　今日はほんと、楽しかったですよ
雅人　ええ、こちらこそ。また。次会うときは……あれです。今度は逆に、太って
田ノ浦　ああ。逆に太ってて、またわかんなくなっちゃうみたいな

なごやかな笑い。が、雅人は無言。

田ノ浦　それじゃ。どうも
宗之　うん
田ノ浦　えー。あれ。ええと。斉藤さんは？
雅人　は　＋　和美　あ
田ノ浦　あ、じゃなくって
宗之　ああ
和美　あ、シャワー使ってるの今
田ノ浦　はあ
宗之　あ、そうなの
和美　なんか汗かいたからって。待ちます？
田ノ浦　あ、いやいや
和美　あでも、どうせタクシー呼ばなきゃいけないじゃない
田ノ浦　ああ。いいですいいです。ちょっと歩きたいんで

宗之　そう？
和美　え、でも

三人、上手玄関へ。

田ノ浦　あ、ここでけっこうですからほんと
宗之　あ。いやいや
和美　［ひとりごと］あ、ブランケット……あ、じゃあ、田ノ浦さんまた［下手階段へ］
田ノ浦　あ、失礼します
和美　ええ。また面白いお話、聞かせてください
田ノ浦　あ
和美　今度は彼女でも連れてきて
田ノ浦　あ。は
宗之　あ、そうそう、こないだ、須藤さんがね

このセリフと同時に、玄関のチャイムが漏れ聞こえる。

和美　ん
宗之　なんだろ、こんな時間に

和美　ねえ、誰だろ

和美、戻り、ふたりを追い、三人いなくなる。
階上から照男の微かな笑い声。微かなシャワーの音。

太郎　なに、もう
照男　ええ？　だって

チャイム。
一方、玄関から声がする。

宗之　［声］あ、いいよ、それ。開けちゃう開けちゃう［和美がインターフォンに出ようとしたのだろう］
和美　［声］あ、そう？

微かにドア、開ける音。

宗之　［声］あれ
田ノ浦　［声］あ
はる子　［声］すいません。ごめんなさい

和美　［声］どうしたの、はる子さん
はる子　［声］すみません、携帯忘れちゃったみたいで
宗之　［声］あ、携帯
はる子　［声］あ、そう
田ノ浦　［声］え、どこまで行ったんですか、今
はる子　［声］あ、やっとタクシーつかまって、乗った瞬間に気がついて
田ノ浦　［声］ああ
はる子　［声］ええ
田ノ浦　［声］え、ここ出たときは持ってたんですか？
はる子　［声］いえ。覚えてなくって……あの。ちょっと探していいですか？
宗之　［声］あ、どうぞどうぞ、もちろん
和美　［声］あ、じゃ、クローゼットじゃないかな
宗之　［声］ああ
田ノ浦　［声］こういうときって、記憶がないんですよね……わかります。最後に見たときをですね、思い出さないと

はる子と宗之、言いながら舞台へ現われる。

はる子　でもコートに入れてなかったから……あの、主人は？

宗之　あ、なんか今ね、シャワーを

はる子　シャワー？

宗之　うん、今

はる子　えなんで

田ノ浦　［同時に］あ、これじゃないかな

宗之　あ、あった？［壁の裏側にある奥の部屋へ］

はる子　あ

ふたりとも奥の部屋へ消える。

宗之　［声］なん、これ、僕のだよ

田ノ浦　［声］あ、そうですか。すいません

宗之　［声］うん。あ、あれかな。キッチンかな

田ノ浦　［声］ああ。あ、わかった、あそこだ。あの奥の

はる子、現われる。

はる子　［ひとりごと］やっぱこっちじゃないかな

雅人に気がつく。

はる子 あ………斉藤さん？

寝てるのだと思い、さらに周辺を探す。

田ノ浦 ［声］あれ、ソファにないですか………ことは

冒頭に置かれたまま、携帯がある。

はる子 あ。あったあった。すみません、ありまし…

雅人が死んでいる。

はる子 斉藤さん………斉藤さん？　……［驚］ハッ

和美が言いながら入って来る。

和美 ないわねえ………こっちありました？

同時に、階上から、濡れた裸体の太郎と照男が踊り場まで、追いかけっこのようにやってくる。

太郎 こいつ、しょうがないなもう

照男 違う違う違う

太郎 今のは反則だろだって

照男 なに言ってんの、だってそっちが先に

ふたり、情熱的にキスする。

［end］

あとがき

昭和33年生まれですから、受賞した時点（２０１５年春）で56歳でして、歴代最高齢ということです。どうもすみません。

どうもすみません、と言ったのは、年齢のこともありますが、自分が本当に劇作家になったのだろうか、という疑問をいまだに抱いているからです。

というのも、私は何十年もＣＭディレクターとしてやってきていて、45歳のときに初めて長篇戯曲を書き、演出したので、実は演劇活動は10年ほどでして、つい最近という感じです。この『トロワグロ』が16本目の戯曲です。多いんだか少ないんだか微妙な数ですが、処女作で傑作を書いてしまうような天才では明らかにないので、暗中模索しながらのこれまでなので、やはりこの数は大した数ではないと言えます。

この歳ではありますが、やっとこさ演劇を摑みかけたところでした。いや、まだ摑んでいないかも。そんなところに岸田國士戯曲賞。いいんでしょうか、どうもすみません。というわけです。

ＣＭから映画へ行くのは一般的です。何人かいますが、私と同世代としては、中島哲也、吉田大八とか。吉田さんはいくぶん年下ですが、彼らや私の30代はＣＭを作ることに全精力を傾ける毎日でした。ＣＭはほとんど映画と同じ方法で作っていますから、もちろん私も映画を撮ることに興味はありましたが、同時に演劇をもともとやりたかった、ということがあります。ただ、学生時代、たくさん観てはいたけれど、演劇を書いたりやったりしたことは一度もありませんでした。実際にできる人は特別な才能を持った、選ばれた人なのだ、と思っていました。

ＣＭの制作会社に入ったのも、80年代演劇ブーム当時、つかこうへいの舞台で小劇場の観客には有名だったところの、風間杜夫と平田満が突然テレビＣＭに出たことがきっかけでした。ＣＭと小劇場界がとても近い印象を受けたのです。実際、当時のＣＭは今と違って、テレビドラマや映画にまだ出ていない小劇場の俳優を使う動きがありました。あるいは、私が入った会社（電通映画社）の先輩である川崎徹が別役実とナンセンスや不条理について雑誌で対談していたり。

きっかけは演劇だったのですが、私は、ますますＣＭを作るのが好きになり、やがて世の中で話題になるようなヒットＣＭを作るようになりました。自分はすごいなあ、と思ったものです。演劇をやりたかったけれど、実際、やっていたら、あっと言う間に消えていただろうし、食べて行けるはずもない。こうやってヒットCMを作っていてお母さんも喜んでいるし、お金もたくさん稼いでいる。これでよかったのだ、これで行けばいい、と思いました。

とはいえ、超売れっ子CMディレクター（私）の忙しい時間を縫って見続けていた岩松了の作品や、その頃出てきた青年団の舞台の、かつての演劇ブームとは違う、リアリティを基本とした面白さにますます惹かれてもいたし、商品に着地する15秒、30秒の話しか考えたことがない私にとって、どこにも着地しない、2時間程の、ほとんど何も起こらないのに、実はいろいろ起こっている話というのは、どういうふうにできているのだろう、という興味はさらにさらに大きくなっていました。

そんな折、ひょんなことから、オムニバスのコントを書く機会があり、それが基で女優の深浦加奈子を主演にして演劇をやることになりました。それが『葡萄と密会』という作品で、2004年に初めて書いた長篇戯曲です。ほとんど岩松作品の真似みたいなもので、でも、深浦さんが見事に演じてくれたのでなんとか形になった、というものです。その時、やはり書き方がまったくわからなくて、稽古初日にはまだ全体の半分くらいしか書けていなかった。稽古を見ながら、残りを必死になって書いてなんとか初日に間に合わせたという、お恥ずかしい限りの塩梅でありました。

さて、それから10年のあいだ、自分でも驚くことに演劇をやり続けています。

もっとうまく書けるようになりたいと思ったからです。毎回、公演が終わるごとに、とても（書くのに）苦しんだわりにはうまくいった、でも次はもっとうまく書きたい、と思いながら。再演をする余裕もありませんでした。次こそもっと、と。

さらに驚くことに、10年やったのだから少しは作劇技術も成長した、となるのが普通だろうに、なんといまだに稽古初日にはまだ全体の半分しか書けていなく、残りを稽古を見ながら必死になって書いているのです。果たしてＣＭから転向して良かったんだろうか、と思ってしまいます。

しかし、このような光栄な賞の、ハレの出版本のあとがきで自虐的になっても仕方がありません。

もっとうまく書けるようになりたい。だから続けられた、と言いましたが、それだけではありません。いまだに稽古を見ながら書くというのがそれなのですが、要するに俳優に当て書いているのです。そういう作家は少なくないとは思いますが、私の場合はそれしかないというくらいそれだけなのです。本作品も、例えば、「色白の美しい女性」「豊満な胸のマダム」「顔色の悪い、胃をほとんど切除した病み上がりの男」などが出てきますが、これらはわたしの創作ありきでそれに合わせて俳優を選んだ、のではなく、キャスティングした俳優たちにそういう人、あるいはそう見える人がいたから、そう書いた、書かされた、と言ってもいいくらいなのです実を言うと。本来、作家というものは前者の、創作ありきであるべきなのではないだろうか⁇

というわけで、私は劇作家になったのだろうか、という最初に申し上げた疑問に戻るわけですが、しかしこの歳にもなると、後戻りもできないのでこのままこのやり方でやっていくしかないと開き直ってもいます。

映画も、そのあと2本撮りました。といっても自主映画で、劇作と同じやり方でシナリオを書いたものです。つまり、私の演劇に出たことのある人を集めて当て書きしたのですが、映画なので、なかにはキャスティングする前に登場する人物も出てきます。この場合は創作するしかなく、しかも稽古が始まるわけでもないのでシナリオ書きは戯曲の何倍も時間がかかってしまいました。

もっと早く、さらっと書けるようになれないだろうか、とは毎日思いますが、どうにもこのままこれで、もがいて行くしかなさそうです。人間、そんなに簡単に変われるものではありません。

ただ、撮影をしていて、自分がずいぶん変わったなあ、と思ったことがあります。CMを演出していた頃は、編集のためのカット割りやライティングやキャメラの動きにばかり気持ちが行っていたのに、今は、とにかく俳優の演技です。俳優の心理状態がわかるようになっています。あ、これはまだ覚えたセリフを言ってるだけだな、とか、このセリフに捉われすぎていて、相手にちゃんと反応しなくなってるな、とかそういう演出として基本的なこと、そういうことがわかるようになった。

ずいぶん遠回りをしたけれど、やっぱり演劇だな、と実感しています。なにはなくとも演劇だなと。演劇がなくては何も始まらないんだなと。もっと言うと、ストーリーとかお話の展開とか、そういうことよりもまず、演劇が成立していないとダメなんだな、と思うようになりました。

演劇をやってよかったと思っています。

ありがとうございました。

最後に、本書の「三つのグロテスク」（フランス語でTrois Grotesques《トロワ　グロテスク》）とは何か、という質問を受けることがあるので、それについてお答えしておきます。

ええ、三つ《トロワ》どころか観た人によってはグロテスクが四つ《キャトル》も五つ《サンク》もあるように思われるかもしれません。

私のなかでは一応決めてあるのですが、確かに言える、そのなかのひとつだけを言うと——それは、照男が実に屈託なく、「ええ、ボク、戦闘機作りたいんですよね」と言い、周囲のビジネスマンたちが「ああ、戦闘機、いいですよね、これからは」等と言う。その一方で、宗之がはる子に卑猥な視線を向けている、というシーンです。この、今日の日本をずいぶん意識した風景は、ふむ、こりゃ確かに相当グロテスクだな、と書きながら思っていました。

二〇一五年三月

山内ケンジ

＊文中、人物の敬称は略させていただきました。

特別ふろく

・上演記録
・出演者のコメント

『葡萄と密会』

2004年7月28日〜8月3日
新宿 Pamplemusse
深浦加奈子　大沢健　村松利史
中込佐知子　主浜はるみ
岩谷健司　岡部たかし　渡部友一郎

クリスマス劇
『乞食と貴婦人』

＊螢光TOKYOプロデュース
2005年12月19日〜26日
麻布 die pratze
深浦加奈子　原金太郎　中村方隆
飯田孝男　中込佐知子　北浦実千枝
岡部たかし　須田邦裕　渡部友一郎
西岡隆浩　THE MAN

『クレブス・ペルオスの迫害と恐怖』

2006年10月18日〜23日
下北沢 駅前劇場
原金太郎　大沢健　初音映莉子
金谷真由美　岡部たかし
渡部友一郎

若

『若い夫のすてきな微笑み』

＊城山羊の会＋三鷹市芸術文化センターpresents
２００７年４月25日～30日
三鷹市芸術文化センター 星のホール
深浦加奈子　大沢健　初音映莉子
金谷真由美　岡部たかし　渡部友一郎
古賀清　芹澤セリコ

『新しい橋～le pont neuf～』

２００８年２月６日～11日
下北沢 駅前劇場
深浦加奈子　古舘寛治　石橋けい
小浜正寛　岡部たかし　金谷真由美

新しい橋 le pont neuf

『新しい歌～tyto nové písničky～』

２００８年11月20日～27日
theatre iwato
石橋けい　金谷真由美　山本裕子
三浦俊輔　岡部たかし　渡部友一郎
安村典久　岩谷健司

『新しい男』

＊城山羊の会＋三鷹市芸術文化センターpresents
太宰治作品をモチーフにした演劇 第6回

２００９年６月26日～７月５日
三鷹市芸術文化センター 星のホール
三浦俊輔　石橋けい　初音映莉子
山本裕子　岡部たかし　本村壮平
古舘寛治

『イーピン光線』

＊E-Pin企画10周年＋城山羊の会

２００９年２月９日～14日
下北沢 駅前劇場
九十九一　渡部雄作　ＫＯＮＴＡ
岡部たかし　古賀清　渡部友一郎
鈴木コウヤ　本村壮平　安村典久
メイビ　綿貫正市　牧田明宏
主浜はるみ　金谷真由美
大地輪子　田上香織　山口奈緒子

『微笑の壁』

２０１０年10月22日～31日
ザ・スズナリ
吹越満　石橋けい　三浦俊輔
岡部たかし　岩谷健司　山本裕子
金子岳憲　東加奈子

『メガネ夫妻のイスタンブール旅行記』

2011年5月21日～31日
こまばアゴラ劇場
鈴木浩介　石橋けい　古舘寛治
岡部たかし　永井若葉　大川潤子
本村壮平

『探索』

＊城山羊の会＋三鷹市芸術文化センター presents
2011年12月1日～11日
三鷹市芸術文化センター 星のホール
石橋けい　猪野学　岡部たかし
永井若葉　岩谷健司　鈴木コウヤ
本村壮平　山口奈緒子　東 加奈子
牧田明宏

『スキラギノエリの小さな事件』

2012年6月6日～17日
小劇場 楽園
石橋けい　三浦俊輔　岡部たかし
宮崎吐夢　ブライアリー・ロング
山口奈緒子

『あの山の稜線が崩れてゆく』

２０１２年11月29日〜12月11日
こまばアゴラ劇場
石橋けい　古屋隆太　岡部たかし
永井若葉　本村壮平　岸井ゆきの
猪野学

『効率の優先』

２０１３年６月７日〜16日
東京芸術劇場シアターイースト
鈴木浩介　石橋けい　岡部たかし
岩谷健司　金子岳憲　松本まりか
白石直也　松澤匠　吉田彩乃

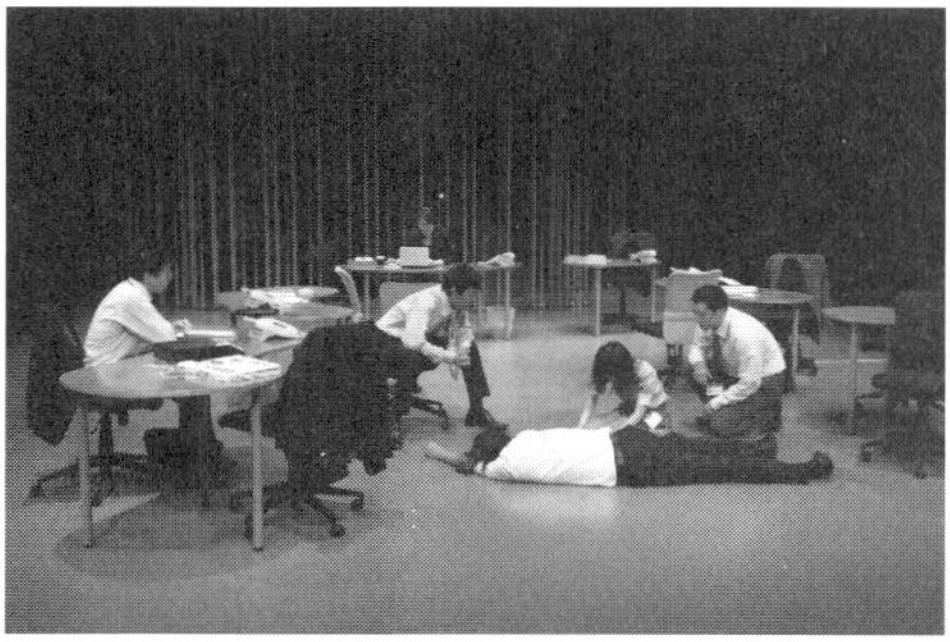

『身の引きしまる思い』

＊城山羊の会＋三鷹市芸術文化センター presents
２０１３年11月29日〜12月８日
三鷹市芸術文化センター 星のホール
石橋けい　ＫＯＮＴＡ　岡部たかし
ふじきみつ彦　原田麻由　島田桃依
岸井ゆきの　成瀬正太郎　岩谷健司

『トロワグロ』

2014年11月29日〜12月9日
ザ・スズナリ

石橋けい　平岩 紙　古屋隆太　岡部たかし　岩谷健司　師岡広明　橋本 淳

作・演出：山内ケンジ ／ 舞台監督：神永結花・森下紀彦 ／ 照明：佐藤啓・溝口由利子
音響：藤平美保子 ／ 舞台美術：杉山 至 ／ 演出助手：岡部たかし ／ 衣裳：加藤和恵・平野里子
メイク協力：田中陽 ／ 宣伝美術：螢光 TOKYO+DESIGN BOY ／ イラスト：コーロキキョーコ
撮影：手代木 梓・ムーチョ村松(トーキョースタイル) ／ 制作：平野里子・渡邉美保 ／ 制作助手：山村麻由美
協賛：ギーク ピクチュアズ、N.NOBUKO ／ 制作プロデューサー：城島和加乃(E-Pin企画) ／ 製作：城山羊の会

『トロワグロ』受賞によせて

「城山羊の会」制作プロデューサー　城島《じょうしま》和加乃《わかの》

「城山羊の会」のことは、故 深浦加奈子さんのこと抜きには語れません。

2004年7月。当時、新宿にPamplemusse（パンプルムス）という小さな劇場がありました。本番中も街の喧騒が響き渡り、冷房もきかず、80人も入れば満杯になってしまう、劇場というよりは「芝居小屋」といった感じの、小さな小さな劇場でした。その小さな劇場で山内ケンジさんは演劇活動を始めました。

深浦さんに出演をお願いしましたところ、劇場が小さくても山内さんの演劇であれば出たいと言ってくださり、その後、深浦さん最後の舞台となった『新しい橋』（2008年2月上演）まで、「城山羊の会」の主演女優として舞台に立ってくださいました。

「私は20代、30代、40代、とその世代ごとに素晴らしい演出家に出会った」

——深浦加奈子さんの言葉です。

40代、つまり彼女の演劇人生の最後に出会ったのが山内ケンジさんだということです。

山内さんも、彼女の演技力、想像力、表現力、俳優としてのみならず女性としての人間的魅力によって、創作意欲を掻き立てられているようでした。

深浦さんが他界されたあとも、二人の信頼関係が「城山羊の会」の土台にあることを、私は側でずっと見てきました。

山内ケンジさんへのお祝いと同時に、深浦加奈子さんへの感謝の辞をここで述べさせていただきたいと思います。

山内ケンジさん、おめでとうございます。深浦加奈子さん、ありがとうございました。

故 深浦加奈子さん

今回、この公演に参加してみて印象に残ったことは何ですか?もしくは、
今回、このエピソードが忘れられない、というものがあったら聞かせてください。もしくは、
山内さんは稽古中何をしていましたか? あるいは彼にどういう印象を持ったか。

◆稽古場での山内さんは、なにより、役者の芝居に興味を持ち、時に大笑いしてくれる。面白い時はそれが皆に伝わるよう、なるべく声を出して笑うようにして下さるのだ。そして、山内さんは演出をする時、ゆっくり言葉を選ぶため、えてして長い沈黙が訪れる。次の言葉を待つ間、役者たちは何とも言えぬ期待を込めた眼差しをする。わたしはそんな皆の顔を見るのが大好き。大きな信頼関係が、そこにある。安心して稽古場に居られる。深浦加奈子さんは山内さんを「日本で一番面白い芝居を作る人」と言われていたそうだが、その理由がわたしにもわかる。ぜったいにわかる。山内さんは、役者全員に愛を注ぎ、芝居を作る人。山内さん、受賞おめでとうございます!

石橋《いしばし》けい

◆山内さんの台詞には、授業中、先生に見つからないようにまわってきた手紙を開き、ムフフと笑い次の人にまわす。そんな静かなスリルを感じます。
稽古場に山内さんはいつも、フーワーとあらわれます。きちんと座る姿には品があり、考え事をしている時は腕を組んで顎髭をさわります。ダメだしのセンスが光っています。「ドンッ」の掛け声でそんな楽しい稽古が始まるのです。

平岩《ひらいわ》紙《かみ》

◆山内さんは中・短編を書くのは得意でアイディアがいくらでも浮かぶけど長編を書くのは簡単じゃないそうで、今回も随分お時間をかけてらっしゃいました。書くのがたいへんなので稽古場にあまりいらっしゃらないのは山内さんいつものこと。いらっしゃって数ページ新しい台本をくださる際は、覚えてもいいよとおっしゃいます。一度渡した台本はいじらないのが常なので。だから今回変更があった時岡ちゃんやけいちゃんや岩谷さんは随分驚かれてました。たしかその時岡ちゃんたちも、山内さんの今回のいつもに増しての並々ならぬ意気込みを感じてらしたんじゃなかったかなぁ。受賞に対してなんとなく「ほらやっぱりね!」という感じがあります。
ちなみにみなさんセリフ入れるのが早い人たちだったので、僕は遅いのでその点辛かったですが、山内さんもみんなそんなに早く覚えなくていいよまだ続き書けてないんだから(笑)と何度もおっしゃってて本当にマイペースな方だなぁと思いました。

あと僕らは稽古場で台本の新しいページを毎週少年ジャンプを心待ちにしてる子供みたいに待つわけですが、ラストシーン(?いやそのちょっと前の二人の関わりが明らかになるとこだったか?)が配られたときは僕とあっちゃんの間に衝撃が走りました。あのときの衝撃はなかなかのものでした。というかもう男とキスは懲り懲りです。

あとスズナリ入って場当たりで勇気を出してマジチ○コを出して前を向いたら、なんで前向いてんの見せたいのは尻だよ(笑)と言われ大損した気分になりましたのも感極まれりな思い出の一部分となっております。

古屋《ふるや》隆太《りゅうた》

出演者のコメント

岡部《おかべ》たかし

◆山内さん、受賞おめでとうございます。
近年山内さんは、台本なんて無くて役者から出てくるリアルな言葉で劇ができたらいいなと言っています。今回も一応の設定を決めて即興劇を試みました。どうなったか……「うーむ」みたいなことになり、結局台本を書き始めました。演出でも、台本なんて無いんじゃないかとお客さんが思うくらいリアル、ナチュラルにねと言います。果たして台本無しっぽく見えただろうか？　台本無しっぽく演じた台本で賞を頂いたことは、なんというか……嬉しい。

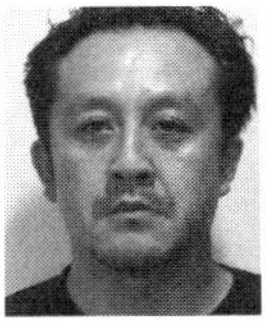

岩谷《いわや》健司《けんじ》

◆本番までほぼ直される事のない、譜面のように整った台本。
台詞のトーンやリズムを指示するだけのシンプルかつ的確な演出。目を閉じて、ただじっと役者の台詞に耳を傾けているその姿は、演出家というよりむしろ、オーケストラの指揮者のよう。

山内さんはもしかしたら、18世紀のウイーンとかプラハ？　辺りで活躍した音楽家の生まれ変わりなのではないだろうか。

諸岡《もろおか》広明《ひろあき》

◆この戯曲『トロワグロ』は、稽古初日にすべて完成されていたわけではなく（本当かどうかは実際のところわからないが）、稽古を重ねる度に少しずつ続きの台本が俳優に手渡されて増えていきました。
山内さんが言うには、「夢の中で書いているから最近はよく寝ている」し、自分でもよくわからないところもあるということでした。

僕は、ポール・マッカートニーの『イエスタデイ』や、ミスチルの『優しい歌』と同じ作り方だ！と思ってワクワクしました。（本当かどうかは実際のところわからないけれど）本当にワクワクしながら、まるで少年ジャンプの続きが気になっている子供みたいに稽古場へと毎日通い続けたのです。

© 西村 淳

橋本《はしもと》淳《あつし》

◆今回、城山羊の会に関わることが出来て幸せでした。オーディションから感じましたが、山内ケンジさんの纏っているオーラ、雰囲気にまずは圧倒。優しさもありながら、全てを見透かされてるような印象。そして山内さんの、芝居を指摘する言葉が兎に角突き刺さる。特にこれ。
「……うーん……翻訳劇みたいに感じるのは、僕だけでしょうか……」

この一言のパンチ力。他のどの演出家からの言葉より、脳天から足先まで突き刺さりました、ね。すぐに修正……。

台詞も、普段の会話も、その言葉の操りかた。どれも素敵なのです。

山内さん、本当におめでとうございます。

装丁　螢光TOKYO + DESIGN BOY
イラスト　コーロキキョーコ

著者略歴

山内ケンジ［やまうち・けんじ］

1958年、東京生まれ。電通映画社（現・電通テック）を経てCMディレクターとして活躍。NOVA、クオーク、TBCのナオミ、湯川専務、第一生命新鮮組、にゃんまげ、コンコルド、ソフトバンク白戸家など1万本以上のCMを作ってきたが、2004年から突然、演劇の作・演出を開始。城山羊の会主宰。演劇活動から生まれた映画作品として、『ミツコ感覚』(2011)、『友だちのパパが好き』(2015)も発表。

トロワグロ

2015年4月20日 印刷

2015年5月10日 発行

著　者　山内ケンジ

発行所　株式会社白水社

発行者　及川直志

電話　03-3291-7811（営業部）7821（編集部）

住所　〒101-0052　東京都千代田区神田小川町3の24

http://www.hakusuisha.co.jp

振替　00190-5-33228

印刷所　株式会社理想社

製本所　株式会社松岳社

乱丁・落丁本は送料小社負担にてお取り替えいたします。

本書のスキャン、デジタル化等の無断複製は著作権法上での例外を除き禁じられています。本書を代行業者等の第三者に依頼してスキャンやデジタル化することはたとえ個人や家庭内での利用であっても著作権法上認められておりません。

Printed in Japan

ISBN978-4-560-08438-0

Trois Grotesques © 2015 by Kenji Yamauchi

白水社刊・岸田國士戯曲賞 受賞作品

山内ケンジ	トロワグロ	第59回（2015年）
飴屋法水	ブルーシート	第58回（2014年）
赤堀雅秋	一丁目ぞめき	第57回（2013年）
岩井秀人	ある女	第57回（2013年）
ノゾエ征爾	◯◯トアル風景	第56回（2012年）
藤田貴大	かえりの合図、まってた食卓、そこ、きっと、しおふる世界。	第56回（2012年）
矢内原美邦	前向き！タイモン	第56回（2012年）
松井 周	自慢の息子	第55回（2011年）
蓬莱竜太	まほろば	第53回（2009年）
前田司郎	生きてるものはいないのか	第52回（2008年）
佃 典彦	ぬけがら	第50回（2006年）
三浦大輔	愛の渦	第50回（2006年）
岡田利規	三月の5日間	第49回（2005年）
ケラリーノ・サンドロヴィッチ	フローズン・ビーチ	第43回（1999年）